JN066138

蜜のように甘く

Honeydew

イーディス・パールマン
Edith Pearlman
古屋美登里＝訳

亜紀書房

蜜のように甘く

カバー写真
イーディス・パールマン、自宅にて
photo: Boston Globe/Getty Images

Index

初心

Tenderfoot

「初心《テンダーフット》」は、チャニング通りとメイン通りの交差点のそばにある足専門のケアサロンだった。二脚のリクライニングチェアが――使われるのはたいてい一脚だけだったが――メイン通りに面した大きなガラス窓に向かって置かれていた。そのため利用客は、ペイジと自分の姿を町の人々の目にさらす格好になった。だれもがその姿を見ることができたが、ふたりの会話を聞いているのはペイジだけだった。ペイジは聴き上手だった。客の話に意見を差し挟まず、決して他言しなかった。

ペイジは夫と死別した四十九歳の女性で、子どもはいなかった。サロンの奥とその二階が住まいになっていた。土曜の夜には必ず五人の女友だちとポーカーで遊んだ。女たちは名字で呼び合い、全員が葉巻をたしなんだ。ペイジは優れた整備士だった夫のカールを戦争で亡くした。カールは実は戦争を支持していたけれど、戦争に行った主な理由は、軍の費用でより高度な整備技術を身につけたいと思ったからだ。ペイジは、ふたりの先行きと幸せな暮らしを危険にさらすことになると反対したものの、自分の主張を引っ込めた。年がいっていたが、カールは海兵隊に入った。そして砂漠に行って三日目に、彼の乗った戦車が地雷を踏んだ。体はばらばらになり、完全な遺体はペイジのもとに戻らなかった。

ペイジの店は繁盛していた。教授の妻や地元の弁護士、歯科医などが引きも切らずやってきた。丸椅子に座った口の堅いペイジが身を屈めて足湯をおこなっているとき、そこが宗教的な色合いのない懺悔の場になることにみなは感謝していた。ところが近頃は、ペイジが悲しい体験をしたせいか、書店員や高校教師や看護師のあいだでも人気が出てきた。ペイジが気安く話せる相手だとわかったのだ。医師たちは、かがんで足を洗ったり爪を切ったりできなくなった老婦人の患者をペイジのサロンへ送り込んだ。妻と同じように、関節がこわばってしまった老人もやってきた。

その秋、つまりボビー・ファラデー教授が美術史を教えるために大学にやってきたその秋には、ほかの男性客もちらほら来店するようになっていた。でもそれは、医師に勧められてのことではなかった。ひとり目は物理の名誉教授だった。それから名誉職ではない現役の教授がやってきた。居丈高な高校の校長は、足の爪をラズベリー・シャーベット色に塗ってもらうあいだずっと喋り続けていた。

　ボビーは、環境が変わることに無頓着な別居したての男にぴったりの家を借りた。レネのではなく自分のものである版画を、ベッド一台あればいっぱいになる狭い寝室と居間に飾った。小さなキッチンは、まだ姿を見せない鼠と彼には充分な広さだった。居間と寝室とキッチンがヴィクトリア朝様式の家の二階にあって、小塔の形をした三階にはバスルームだけがあった。その家はちょうどメイン通りと交差するチャニング通りに面していて、「初心」の斜向《はすむ》かいに位置した。ボビーとペイジは、夕方などにベジタリアン専用のスーパーマーケットや新聞スタンド、煙草店、書店などでばったり会うことが多かった。ご近所のよしみで言葉を交わすこともあった。

　ボビーはひそかに自分を、ただのご近所ではないと思っていた。家に住みついている姿を見せない鼠のように、ひそかに彼女といっしょに暮らしているつもりになっていた。三階のバスルームのトイレの横は、カーテンのない大きな窓が占めていた。その窓からサロンの施術場と彼女の住まいの一部が見えた。うってつけの位置だった。立ちあがって施術の様子を観察することもあったが、たいていは覗き見の大家《たいか》のように蓋をした便座に腰をかけて眺めた。緊張を解いて椅子に座っている客を眺めるのが好きだった。客はまるで、聖書に書かれている体験をすることで（イエスは最後の晩餐のときに弟子たちの足を洗った。ヨハネによる福音書）、ちょっとした天国を味わっているかのようだった。ほんの少しのあいだ死ぬことで、罪が許されたかのようだった。あるいはもしかしたら、靴を脱いで悩みを打ち明けるきっかけができて喜んでいただけなのかもしれない。

　ボビーは授業をし、スライドを見せ、研究室にいるあいだは学生たちと会った。教えることも学生たちとのかかわりも煩わしかった。金髪の若い娘のひとりがレネに似ていた。外見は間違いなく似ていたが、内面についてはよくわからなかった。とはいっても、学生を映画に誘うことは禁じられていた。それで彼は、メイン通りでおこなわれる罪のない施術をひとりでじっくり見るために、さっさと研究室を後にした。

　日がしだいに短くなった。その日最後の客が、ぼんやりした街灯の下を通って明るく輝く店に入っていく時期になった。ある薄暗い午後にボビーは、頬の赤い化学の教授とその妻が車で映画館にでも向かっているような格好で、椅子に並んで座っているのを目にした。ペイジは丸椅子を軽やかに動かしながら、片方からもう一方へ移動していた。

　ボビーは二階の書斎に行って靴を脱ぎ、右足の靴下を脱いだ。あの事故以来、足の手入れをしなくなっていた。おやおや、なんとおぞましいざらざらした爪先だろう。なんと悲惨なぎざぎざの爪だろう。どの靴下にも穴があいてしまうのは無理もない。さらに左足の靴下も脱ぎ、その足を右膝の上に載せた。かかとに皺が刻まれていて、自分の未来を告げているかのようだ。素足のまま、彼は暗い三階に戻り、窓の外を見た。化学の教授の足に覆い被さるようにして、ペイジが一心不乱に仕事をしていた。レネがかがみこんで訴訟書類を見ていたときの姿に似ている。ニューヨークにいたとき、レネは自分の目標に向かってがむしゃらに進んでいた——法律事務所の共同経営者になりたかったのだ——が、ボビーのほうは無関心かつ無愛想に、長くは続かない美術雑誌に気乗りのしない記事を書いたり、相談にのっている画廊のために大した準備もせずに絵を鑑定したりしていた。この姿勢の違いがあったから、言い合いになったのだ。

最後の客が帰るとペイジは外に出てきて、店先に一段だけある幅広の階段に腰を下ろし、細い葉巻に火を付けた。ボビーは便座に腰掛けて、懐中電灯で本を読んでいるところだった。急いで懐中電灯を消し、葉巻を吸う彼女を見つめた。深夜近くになって彼女は寝室に行った。ボビーもそうした。

そういうことがしばらく続いた。ボビーは双眼鏡を買うことを考えたが、彼女は鳥ではなかった。オペラ・グラスを取り出すことも考えたが、彼女はソプラノ歌手ではなかった。ルーペを使うことも考えたが、彼女は美術品ではなかった。仮に絵画であったとしても、離れすぎていて筆遣いを調べることもできなかった。初雪が降ってから、彼女は屋外作業用のパーカを着て、けばだった帽子を被った。この天候では毛皮のコート――レネの持っているようなカワウソの毛皮のコート――を着たほうがいいだろうが、動物保護団体の活動家の学生に見られたら、きっとさらし者にされるだろう。いずれにしてもペイジは毛皮のコートを着るようなタイプではない。きみは死んだ海兵隊員のためにどれくらい金を集められた？　いくら人気があるといっても、足のサロンではたいした収益は望めないはずだ、きみならいつでも地元の薬局で働けるだろうに、とボビーは思った。薬学を勉強した、と前に彼女は言っていた。でも、この仕事が好きよ、人に使われているわけではないし、直接人々のお役に立てるから、と。

春がようやく町を潤した。分厚く重なった枯葉の代わりにパステル色の蕾が現れた。ボビーは生活を改善しようか、と思った。ベジタリアンになろうか。チーズは鼠にやってしまおう。「おいくらだろう」ある日ボビーはつい口に出してしまった。ベジタリアン専用マーケットで彼女に偶然会ったとき、ボビーは棚からプルーンの瓶を素早く取り出していて、彼女はなにかの瓶の中身を丹念に見ているところだった。

「これは一オンス一ドル。でも効能のところには、混ぜたほうがいいって書いてあるけど……」

「そのインチキ薬のことじゃなくて。足の料金のことだけど」

彼女は目を上げた。かすかな皺のある顔に穿たれた瞳は、ヴェローナの青空の色だった。「五十ドルよ。ペディキュアを塗るのなら十ドル追加。チップはいりません」

「なるほど。やってもらえるかな？」

「もちろん」

「いつなら？」

「金曜日の八時はどう？」

「八時？　キュビスムのゼミが八時半から始まるから……」

彼女は笑みを浮かべた。「午後八時よ」

「あ、そうか……。ではそのときに」

「必ず」彼女は請け合った。

金曜の夜、ボビーは足を丁寧に洗った。清潔な靴下をはいた。読んでもいない本、『後期ローマ帝国』を摑んだ。

彼は左側の椅子に座った。首を傾けて見上げると、三階のバスルームの窓が見えた。不覚にも明かりがついたままで、大家《おおや》の電気代を無駄に浪費していた。

ペイジが楕円形の木の桶に湯と白い粉を入れているうちに、彼は靴を脱いだ。靴下は彼女が脱がせ、それを畳んで二脚の椅子のあいだにあるテーブルに置いた。その昔、レネは彼が脱いだ靴下を床から拾い上げると、ボビーに向かって舌を突き出したものだった。

「白？　赤？　それともお茶？」

「……白を」

彼女は奥に行き、冷蔵庫の扉を開け、そして閉めた。ワインのゴブレットをテーブルの靴下の横に置いた。「もっと体を倒してもかまわないわ。肘掛けの横にある小さなボタンを押せばいいの」。彼は体をさらに倒した。素足が載っている足台が上がってきた。ペイジが丸椅子を引き寄せて座った。ボビーは『後期ローマ帝国』で勃起を隠した。ペイジは片足ずつ、ジーンズの裾を丸めるようにしてふくらはぎの真ん中まで上げた。

そして新しい客の足を注意深く見つめた。「足の手入れをしたことは？」

「一度も。どの指も初めてだ」

「男性のなかには、こういうことはめめしいと思う人がいるわね」
「それから……ペディキュアは塗らないでほしい」
「一滴も。それに、頽廃的だと思う人もいる、その本のローマ人のように。さあ、あなたがどんな感じを味わうか楽しみね」

ペイジは施術用の手袋をはめ、ボビーの無残な足を丹念に調べた――魚の目、ぎざぎざの爪、変色、まめの出来はじめ、動物の角のような硬いかかと。次に湯の入った桶をそばに寄せた。片腕で両足首を抱えて、椅子の足台を下ろし、桶を少し動かしてから両足を湯のなかに入れた。

生クリームに似た白いものがふわふわした泡になり、その下にくすんだ灰色の湯が見えた。ボビーは目を閉じ、王侯貴族のように扱われるわが身を思い描いた。

しばらくして目を開けると、丸椅子に座っているペイジの姿が見えた。彼女の膝に広げた分厚いタオルの上に、すっかり清潔になったもののまだ見苦しい足が載っていた。両足がふくらはぎから、たくし上げられたジーンズの裾から切り離されたように見えた。両足は、なくても困らない脚註《きゃくちゅう》みたいだった。「『イビド（同書に）』と『シク（原文のまま）』だ」と彼は声に出して言った。

「次は、除去です」ペイジが言った。

「除去?」ボビーはその意味を知っていたが、彼女の竪琴《たてごと》のような声を聴きたかった。

「除去っていうのは、皮膚の表面の角質や硬い部分をこそげ落とすこと。でも削ってもすぐに元に戻るわ」

そう言うと、ペイジは小さなメスで足の裏とかかとをこそぎ始めた。ボビーは彼女を見た。俯《うつむ》いている黒い頭が見える。彼女は何気ないお喋りもしなかった。それでまた目を閉じると、母親のことや穏やかな風呂の時間のことが思い出された。しかし、それとはまったく違う記憶が入り込んできた。


吹雪のなか、車を走らせていた。ふたりは家に帰りたかった。ハイウェイではだれもが一刻も早く家に帰ろうと車を走らせる。予想された積雪量は三十センチだった。吹雪のせいでスピードが出せなかった。辺り一面が真っ白で、そこを走る車はどれも、バターナイフで白いバターをたっぷり塗ったような姿だった。いきなり、中央分離帯の向こう側に、踊り子のようにくるくると回転する紫色の塊が見えた。すると次の瞬間、それは獣のように跳びはね、空中でその四つの丸い足を上にし、屋根から落下した。ハイウェイに横たわった。ほかの車は慎重にそれを避けて通っていった。

「ねえ、見た?」レネは息を詰めて言った。

「ああ」

「戻って」

「だめだ」

「この先にUターンできるところがある。戻らなくちゃ」

「Uターン? まさか。警察が来るさ。あのフォルクスワーゲンと同じ車線を行くほかの車だってある」

「ほかの車? どれも停まったりしない。わたしたちが行かなきゃ」

「行かないよ」

レネがシートベルトを外すカチリという音がした。するとレネはボビーの足許にかがみ込んで、彼の靴をアクセルから外そうとした。

「やめろ、レネ。蹴ってしまいそうだ」

「蹴りなさいよ」

ボビーは蹴らなかった。靴の甲で彼女の手をぐいっと押し上げた。すると、靴のバックルが彼女の顔に当たってめり込んだのだが、ボビーは後になるまでそのことに気づかなかった。レネは諦め、座席で背を丸めてさめざめと泣いた。

「シートベルトを締めてくれ」

カチリ。彼女は泣くのをやめ、話すのをやめた。何時間か危険な運転を続けてようやく家に着いた。レネはソファで寝た。翌日、彼女の頬にはバンドエイドが貼られ、細いばら色の傷跡が顎に向かって延びていた。彼女は無言のまま職場に行った。

そのときからレネは、ハイウェイでの出来事を道義的な責任をめぐる言い合いへと変えていった。あれがわたしの取るべき最善のやり方だった、だからそうしたの。言い合いは毎晩続き、やがて週に一度になり、月に一度になった。ボビーは、ぼくだって道義的であろうとしていると言い返したものの、彼を苛《さいな》んでいたのはあの光景だった。車がくるくる回ってひっくり返る姿を何度も繰り返し見た。そのうち、細かな部分まで見えるようになった。真っ白な光景にいきなり紫色が飛び込んできたことを。それが弾んだ様子を。半開きになったドアから折れた棒のような人影がずり落ちてきたことを。逆さまになった車のなかで柔らかな彫像たちが、粉々になった頭部のなかへと徐々に沈み込んでいったことを。窓ガラスがばらばらに砕け散って、白い風景が赤や黄色や灰色——血液や肉片や脳髄

――に染まっていったことを。そこに陶器の欠片《かけら》――骨と歯――が付着したことを。

ここの大学から招聘《しょうへい》の通知が来たとき、ボビーはそれを妻に見せた。わたしは行かない、とレネは言った。

ボビーは承諾の手紙を書いた。版画を送った。飛行機に乗った。

「除去が終わりました」と、ペイジが落ち着いた声で言った。ボビーは目を開けた。ペイジは畳んだタオルを持ち上げた。そこには半透明の皮膚の欠片が山のように積まれ、ところどころから切られた爪が顔を出し、山のてっぺんには大きな胼胝《たこ》が載っていた。ボビーの気づかないうちに彼女はそれを削り取っていたのだ。そのでき物の大きさに驚いた。幼子が自分のうんちを自慢する気持ちに似ていた。「もう一度お湯に浸します」彼女は新しい、澄みきった湯を運んできた。

ボビーは湯に足を入れた。

ペイジは彼の横に腰を下ろした。ため息をついた。満足げなため息だった。もしかしたら、彼にあの家を見せた不動産屋の手を借りて、運命が彼をわたしのもとへ遣わしたのかもしれない。絵画好きになれるかもしれない。そのためならポーカーを諦めてもいい。ボビーもため息をついた。ふたりのあいだにあるテーブルから片手でワインのゴブレットを取り、それをもう片方の手に持ち替えた。彼女は畳んだ靴下の上に、掌を上にして手を置いた。その指に彼は自分の指を絡ませた。

ふたりはチャニング通りをこちらに向かって走ってくるタクシーを見つめた。ヘッドライトが輝いている。タクシーは彼の家の前で停まった。ベルト付きのレインコートを着た金髪の女性がタクシーから降りた。四月の気温はカワウソの毛皮のコートには暖かすぎた。彼女の髪は、家の外で見慣れたどの形よりはるかにぼさぼさだった。がっしりした体格の女性のタクシー運転手が、キャスター付きの大型スーツケースを降ろした。

「フィネガンのタクシーだわ」ペイジが言った。「ポーカー友だちよ」

その家は、小塔の形をした三階のほかは真っ暗だったが、フィネガンは料金を受け取って走り去った。レネはスーツケースを歩道に置いたまま階段を上がって玄関扉の前まで行った。ボビーにはレネの姿が見えた。彼女が呼び鈴を押している様子がわかった。

レネはしばらく玄関の前で立ち尽くしていた。それから俯いて階段を下り、スーツケースを引っ張りながらチャニング通りを渡ってメイン通りへやって来た。ボビーにはその愛らしい顔が見えた。決して消え去ることのない不安そうな表情が見えた。ボビーを目指して教会の通路を歩いてきた顔だ。その顔に自分がこしらえた傷があるのが見えた。見えたような気がした。車をUターンさせて事故現場に戻らなかった夫を、フォルクスワーゲンから死体を引きずり出さなかった夫を、レネはようやく許したのだ。ボビーのほうはとっくの昔に、自分を厳しく非難した妻を許していた。レネはメイン通りを渡り、「初心」の前に立ち、覗き込んだ。

彼女をなかに入れるべきか。彼女がいようといまいと、彼女に許されようと落胆されようと、ときおり除去や精神分析や瞑想や宗教や薬やコーヒーの恩恵に与《あずか》ろうと、降りしきる雪のなかで紫色の車が跳び上がって逆さまにアスファルトに激突する姿が瞼の裏側に張り付いたままいっこうに剝がれ落ちないのだ。ボビーはこの記憶とともに生きていかなければならない。だったらレネといっしょに生きていくほうがましだ。

それでもボビーは座っていた。

レネはまだ覗いていた。

苛立たしそうに肩をすくめると、ペイジは玄関のところまで行って扉を開け、閉店後にやってきた客に会釈し、店のなかに招き入れた。

「こちらはレネ。前の妻です」とボビーが言った。「こちらはペイジ。ぼくの足の……いや、ケアの専門家です」

「初めまして」

「初めまして」

「もう少しワインをいただこうかな」ボビーが言った。

「足を拭いてこの方をご自宅にお連れしたら」とペイジが言った。


彼はゆっくりと足を拭き、靴紐を結び、ローマの本を探し、しかし見つからず、料金を支払った。チップがいらないことを忘れた。ペイジはチップを受け取った。ようやくふたりは出ていった。スーツケースはまだレネが引いていた。ペイジは洗濯機のなかにタオルを投げ入れ、器具を煮沸するといういつもの仕事をこなした。それから店の照明を消した。

彼の三階はまだ明るかった。ペイジは、あの都合のいい窓から彼が覗いていることに気づいていた。黄昏時に覗いている彼の姿がはっきり見えた。夜にも見えた。街灯の柔らかな光が三階に入り込み、陶器と鏡に反射して明るさを増し、背後に複雑な明暗を生みだして、座っている彼のぼんやりとした姿を浮かびあがらせた。おそらく彼は、「初心」に出入りする人たちを見て、勇気が湧いてきたのだろう。バスルームで過ごす辛いひと時よりもましなものを求めていたのかもしれない。ペイジは孤独な彼に同情していた。その孤独は癒えるものだと思っていた。しかしいま――他の人たちと同じようにボビーも、物思いに耽るうちに、いつの間にか打ち明けてしまったので――彼女は、ボビーがひとりではなく、忘れられない事故にきつく抱きすくめられて生きていることを知った。

カールの死という悲惨な出来事のあとでも、ペイジはボビーのように心を掻き乱されることはなかった。カールのことを考えると、濃いけれども柔らかな茶色の眉毛に触れたときの喜びや、故障した車を丹念に調べてから修理法を決める様子や、日曜日のフットボールの試合や、カールが不妊だとわかって、その事実に彼が予想以上に打ちのめされ失望したことなどが思い出されてくる。ペイジは配られた手札でプレイしたのだ。いずれにせよ、彼は不能ではなかった。ああ、あの人の足。カールは彼女に足を洗って爪を切ってもらうのが好きだった。彼女もカールの足を洗って爪を切るのが好きだった。その後で必ず愛を交わした。まずはブラインドを下ろし、次に床《ゆか》に横たわった。足の裏を向かい合わせて。小刻みに前へと動きながら、カールはかかとで彼女の太腿の内側を愛撫し、それから足の太い親指を彼女の鍵穴に入れ、しばらくそうやって弄んだ。それこそが彼女の求めていることだった。彼女がエクスタシーを迎えると、もっと楽な姿勢に戻って、二度目の喜びを味わった。

ペイジはボビーのいた椅子に腰を下ろし、サンダルを脱いだ。タオルの下に隠れていた『後期ローマ帝国』を手に取った。足をずらして、ボビーの使った桶に素足を浸した。湯は冷めていた。この湯がもたらした静かな解放感のことを思った。ボビーと元妻は悲惨な事故の目撃者として選ばれたが、うまく行動に移せなかったのだ、とペイジは思った。次に思ったのは、戦車のように重量のあるものが、こちらに向かって突進してくる姿だ。カールが絶望した目つきで彼女を見つめていた。彼女もうまく行動に移せなかったのだ。カールを兵士登録させることを阻《はば》めなかった。彼を止めることもできたかもしれないのに。家に留めておくこともできたのに。「あの車に子どもがいなかったなんてだれにわかる?」。三十分前、ボビーは目を閉じ、彼女の膝にイビドとシクを預けたまま、いつの間にか考えを声に出していたのに、いっこうに気づいていなかった。いつの間にか、ぴくりともしない自分の足がペイジの穏やかな無実の心を蹴って穴を開けたことに、いっこうに気づいていなかった。「たぶん、赤ん坊がいた」

赤ん坊、交通事故、年のいったアメリカ海兵隊員……だれであってもおかしくない。それがだれであっても、彼らは死へとはじき飛ばされ、未来を断念せざるをえなかった。死者たちはその死を生き残った者たちに返し、生者たちは生の終わりが来るまで嘆き悲しむ運命を担わされるのだ。

夢の子どもたち

Dream Children

ウィラが一枚目の肖像画を見つけたのは七月の夜で、部屋の片付けをしていたときのことだった。就寝の前に、上の子どもふたりを呼んで自分の部屋で遊ばせていたので、チェスの駒とオセロの石が床に散乱していた。ウィラは駒や石を拾い上げ、しまうべきところにしまった。それは窓際に置かれた、象牙の握りがついている傷のある整理箪笥《せいりだんす》——ちゃんとした建築家が作ったのよ、とこの家の母親が言っていた——の下から二段目の引き出しのなかだった。ウィラのブラウスや下着は上のほうの浅い引き出しに入っていた。キッチンの奥にある狭い部屋には、その箪笥と電気スタンドとベッドしかなかった。しかもベッドの長さが足りなかったので、床の上で寝ることもよくあった。もっとも、ほかの部屋にも家具はわずかしかなかった。ウィラの国ではどの酒場にもテレビがあったし、島の首都のどんなに貧しい家でも一台は持っていた。ところがニューヨークのこのアパートメントには、一台もなかった。

「テレビを見るのが好きじゃないの。子どもたちに見せたくないんです」最初の日にこの家の母親が、長身のウィラを不安そうに見上げながら言った。「でも、あなたが見たいというのなら……」

「いいえ、奥さま」

「いいえ、『奥さま』だけはやめて」母親は大きな声を出した。

「いいえ、奥さま、見たくありません」ウィラは言い方を直されたと思って言い直した。

「そうじゃなくてね。名前で呼んでもらいたいの。わたしはシルヴィで――」

「わかりました、奥さま」ウィラは言った。

「――彼はジャック」

建築家の簞笥のいちばん下の引き出しはぴくりとも動かなかった。夜になるとウィラは、そこの象牙の握りをからかうように撫で回した。黒い指で象牙を撫でてから、ぐいっと引っ張った。今夜ようやくその引き出しが開いた。なかには、へりがぎざぎざになったスケッチ用の大きな上質紙が何枚か伏せて置いてあった。いちばん上の紙を取り上げ、裏返した。

鉛筆と水彩で描かれた幼い男の子の肖像画だった。顔の左側がじゃがいものようにでこぼこに腫れていた。青くて紫色のじゃがいもみたいだった。だれかに殴られて腫れたのではなかった。痣《あざ》でもなかった。いくらひどく殴ったところで、こんなふうにはならない。生まれつきのものなのだ。腫れた頬の上にある目は見えているようだ。顔の右側はなんともなかった。ゴムのような下唇は出っ張っていて、左側が右側より大きかった。上唇は、顔の右側では下唇と合わさっていたが、左側では離れていた。唾液が、幾筋も垂れているのが見えた。

男の子はピノキオのような格好をしていた。半ズボン、蜂蜜色のチョッキ、シャツ、膝までの靴下。黒髪は量が多く、きちんと左右に分けられていた。だれかがちゃんと面倒を見ていたのだ。玩具のボートを持っていた。足許には人なつこそうな犬がいた。チョッキの色とまったく同じだった。

肖像画には五年前の日付と、J・Lというイニシャルが記されていた。ということは、ここの父親が描いたのだ。

ウィラはその少年の絵を引き出しにしまった。居間に行った。一家は、ウィラを団欒に引き入れようとし、食事もいっしょにとりたがった。そして、あらゆることを心配した。交通渋滞、食材に含まれる毒、蚊、ウィラが満足しているかどうか、などなど。

通りの向かいに住んでいるグレーヴィッチ先生が話していた。四角い顔のなかの目は大きかった。「ドアに閂《かんぬき》をつけるつもり」と喘《あえ》ぎながら言った。「ブルドーザーの前に横になってやる」先生は前屈みになった。「あの人たちの頭にドリルで穴を空けてやるんだから」

それから先生は背筋を伸ばした。自分の出っ張った大きな目から身を引くかのように。甲状腺を患っているのかもしれない。灰色の髪をひとつにまとめていた。

一家の父親が言った。「集団医療のことを聞きましたよ。東十二丁目通りで男性が三人でやっていて、四人目を探しているそうですよ。女性がいいということで」

「東十二丁目？」グレーヴィッチ先生はまた椅子のなかで背筋を伸ばした。「わたしはここ、西八十四丁目の住人ですよ。この町ったら、わたしにちっとも優しくないわ」

「先生の住んでいる建物を所有している会社は、これまで法律を犯したことはありませんよ」父親は言った。「前にもそう言ったじゃないですか」

グレーヴィッチ先生は、通りの向かいの建物から立ち退きを迫られていた。先生は歯科医で、アパートメントの二階に住居と医院があった。六月のある日、ウィラは十歳の男の子に連れられてその医院を見に行った。男の子は歯科医師になると決めていた。出窓のそばに置かれた大きな椅子に患者たちは座った。「ほらね、ウィラ、普通ならここが食堂になってるはずなんだ」と男の子が説明した。男の子は大きな椅子によじ登った。「グレーヴィッチ先生に食堂はいらないからね」そう言うと口を大きく開けて、歯をよく見えるようにした。それから少年は言った。「もっと大きく開けてください。先生は好きなところでスープを食べるんだ。非常階段のところで食べたりもしてるよ。はい、口をゆすいでください」

ある不動産会社がグレーヴィッチ先生の家とその隣の家を買い取った、そこにコンドミニアムを建設する、という通知を送りつけてきた。現在の占有者は七月一日までに出て行かなければならない、と。

ウィラは七月一日が来るのを注意深く見ていた。その日が過ぎるのを見ていた。ほかの店子《たなこ》は立ち退いた。歯科医と、地下に住む管理人だけが残った。たいして仕事がなかったので、管理人は荒れ果てた裏庭に野菜と果物の種を植えた。ラズベリーが芽を出したばかりだった。

「かぼちゃを植えてもいいですね」とウィラは言った。

「かぼちゃができるまでもたないよ」管理人は言った。

しかしこの夜、グレーヴィッチ先生は一家の居間で怒りまくっていて、それは永遠に続きそうだった。

フキャという声が廊下の奥から聞こえた。もう一度、フキャという声。さらにまた。それから忙《せわ》しないフンキャアフンキャアという声になった。

ウィラは起き上がって長い廊下を歩き、暗い寝室に入った。五歳の子が両親のベッドの上で両手両脚を広げてまどろんでいた。ウィラはその背中に掌をそっと押し当てた。枕の上にその瘦せた横顔が載っている。上の三人の男の子たちはみな母親似で、ほっそりした面立ちと大きな口、知的な細い目をしていた。四番目のこの太った赤ん坊は、父親そっくりだった。「みんな初めはジャックに似ているの」と母親は言った。それで父親は笑った。「赤ん坊はみんなぼくにそっくりなんだよ」

ウィラは揺りかごに身を屈めて、生まれたばかりの赤ん坊の背中に両手を差し入れた。そしてその頭の下に指を回し、親指を湿った脇の下に押し入れて抱き上げ、自分の肩に載せた。こうするとしばらくのあいだはぐずらずにいる。赤ん坊はまた眠りにつき、ウィラの首筋に鼻を押しつけた。脈拍が伝わってくる。命と命。

ウィラは赤ん坊をおむつ交換用の台に連れていった。交換台はバスルームの洗面台と浴槽のあいだに置いてある。タイルの床は欠けていたが、そこの窓のステンドグラスは、ローブを羽織った長身で赤毛の人物をかたどっていた。バスルームをウィラに見せたとき、母親は「バーン゠ジョーンズっぽいでしょ」と困ったような口調で言った。母親は大学の非常勤講師で、父親は技術者だった。

ウィラは赤ん坊のおむつを取り替えた。赤ん坊は目を開けてウィラを見つめた。ウィラは赤ん坊を居間に連れていき、まずは歯科医に手渡した。歯科医は抱きしめた。それから父親に渡した。父親は広い太腿の上に横たえ、その瞼や唇や首のふっくらした盛り上がりを記憶に留めるようにじっと見つめた。それから母親に渡した。母親は「ありがとう、ウィラ」と言った。母親はブラウスから固くなった小ぶりな乳房を露わにした。母乳がすでに滴っていた。

「なんて暑苦しい夜なの」歯科医が言った。

「暑いですね」父親が厳かな口調で言った。「暑いかな?」父親は、神経質に頬をぴくりと動かしてもう一度言った。まるでハリケーンの到来を感知したかのように。

「はい、暑いです」ウィラが言った。あのいちばん下の引き出しにある恐ろしい子ども——秘密の子どもがいるかのようだった。

赤ん坊はお乳を吸った。父親と歯科医とウィラはそれを無言で見つめた。みんな、水のなかにいたのかもしれない。池の水面《みなも》に浮かんでいたのかもしれない。上から二番目の八歳になる子が大好きな本――蛙について書かれた本――に出てくる絵のように、睡蓮の葉の上に載っていたのかもしれない。

母親はもう片方の乳房を赤ん坊に与えた。「おやすみなさい」歯科医のグレーヴィッチが言った。彼女は外に出て、三階分を降り、通りを渡った。

一週間後の午後五時に、ウィラは下の引き出しを開けてもう一枚の絵を見た。描いてある人物は女性のようだった――少なくとも、女性用のスモック・ドレスを身につけていた。パフスリーブには縁取りがしてあった。その繊細な小さな丸い模様から、その縁取りがレースでできていることがわかった。ほっそりした両手の美しい輪郭にはごわごわした体毛が描かれていた。頬と顎の境にも毛が生えていた。頭は毛皮に覆われていた。この生き物の目はどんよりしていた。鼻は大きな鼻孔しかなかった。鼻の下は長く、口は横に引き伸ばされ、嬉しさの欠片《かけら》もない笑みを浮かべていた。

この猿の娘の肖像に記された日付は八年前で、父親の名の頭文字がふたつ書いてあった。もしあの父親がわたしの息子なら、とウィラは思った。必要とあらば週に一度、樹の皮を煎じて飲ませ、通じをよくするように説得するだろう。

ウィラが自分の部屋から出ると、キッチンにグレーヴィッチ先生がいて、スープを温めていた。「電気が切られちゃったのよ」と歯科医は言った。「管理人がどこかの電線に接続しようとしているの。そのやり方については訊かないでね」

「わかりました」ウィラは言った。

「ウィラ、ねえ、ウィラ。わたしはこれからどうなるの？

故郷でなら、この老女は大切にされるだろう。働かされたりしないはずだ。人々はシチューやビールや煙草を届けてくれ、彼女は玄関ポーチにゆったり座って海を眺めているはずだ。「わたし、葉っぱを持ってます」ウィラが言った。

グレーヴィッチ先生は押し黙った。それから、「自分で巻けるものを？」

ウィラは頷いた。「やり方、教えます」

歯科医は鼻を鳴らした。「それをやれば、新しいアパートメントと診療室が見つかる？」

「気持ちが楽になります」

ふたりは長いあいだ見つめ合った。「じゃあ、お願い」とグレーヴィッチ先生は言った。

ウィラの薬草はすべて、下から三番目の引き出しに入っていた。チェスの駒のある引き出しの上だ。巻くのに数分かかった。ウィラはそれを吸っているグレーヴィッチ先生をキッチンに残した。そして赤ん坊を起こさずにそっと抱き上げ、デイ・キャンプのバスが停まる道路脇まで出ていった。子どもたちはすっかり日に焼けていた。五歳の男の子はウィラのお腹に顔を埋めた。彼には長い一日だったのだ。十歳の男の子は重い足取りで建物のなかに入っていった。八歳の男の子がそのあとに続いた。

家に入ると、子どもたちは夕食のベイクト・ライスとサラダの準備を手伝うためにキッチンに集まった。グレーヴィッチ先生は葉っぱを居間へ持ってきた。暗くて家具がない居間の窓に寄りかかっている先生は、レオナ伯母さんにそっくりだった。レオナ伯母さんには未来が占えた。「おまえはニューヨークの一家のお役に立つだろうよ」とレオナ伯母さんはウィラに請け合った。「そこの人たちはおまえによくしてくれる。あの人たちなりのやり方でね」

父親が帰宅した。母親が帰宅した。管理人が呼び鈴を鳴らし、グレーヴィッチ先生のお宅の電気がまた使えるようになったとインターコムで知らせた。グレーヴィッチ先生はウィラに優しい一瞥を投げ、アパートメントを後にして管理人のところに行った。

グレーヴィッチ先生の水道が断たれたのは八月のある朝のことだった。管理人は――給料は支払われていなかったが、いまも地下の部屋で暮らしていた――ここの水道管を大きな水道管と繋ぐことはできるが、夜にならないと難しい、と言った。歯科医はその日の患者をキャンセルした。患者は以前とは比べものにならないくらい減っていた。そして患者たちは、早く新しい診療所を見つけてくれと急《せ》かした。「あの人たちは、根っこをすんなり引き抜けるものだと思ってる」と歯科医は言った。「あなたなら、ウィラ、それがどんなに辛いことかわかるわね」

ウィラは頷いた。五歳の男の子を膝に抱えていた。その子はその日、キャンプに行かずに家にいたいと言った。それで、歯科医と母親と赤ん坊とウィラと五歳の子は、いっしょにアパートメントの入り口の階段に腰を下ろし、グレーヴィッチ先生の建物の隣にある人っ子ひとりいないブラウンストーンの家がめちゃめちゃに壊される様子を眺めた。デイ・キャンプに行かない近所の子どもたちと、その母親も、数人が見に来た。大きな金属の球が行ったり来たりしながら、ボクサーのように建物の正面を攻撃していた。石とガラスと木材と石膏は、金属の球にぶつかられて粉々になった。瓦礫が山となった。そのあいだもずっと、裏のブルドーザーはごみをすくっては巨大なダンプカーの荷台に移していた。禿鷹が数羽舞っていた。

ウィラは不意に故郷が恋しくなり、支柱の上に建つ小さな伯母の家や、泡立つ海、制服を着た自分の三人の娘のことを考えた。そこに自分はいなかった。

ブラウンストーンの建物はしだいに崩れていった。代わりに瓦礫が積み重なった。瓦礫を載せたトラックは昼下がりには去っていったが、ブルドーザーはまだ動いていた。アイスクリーム売りのトラックが、軽快な音を立てて通りを走っていった。

母親は湯浴みさせるために赤ん坊を階上《うえ》に連れていった。五歳の子はウィラの膝でうとうとしていた。通りはさらに混み合ってきた。車、ローラースケートに乗った十代の若者たち、研ぎ師、大きな籠に麦わら帽子を積みこんだ自転車。「帽子だよ！　帽子だよ！」と自転車に乗った人物は叫んでいた。キャンプのバスが現れたが、いつも停車するところまで近づけなかったので、かなり手前で停車した。子どもたちが歩道ではなく車道に降りることになってしまう、とウィラは思った。バスはウィンカーを出しているが、気づいている人はいるのだろうか。「この子をお願いします」と言ってウィラは、グレーヴィッチ先生に五歳の子を託した。そして道路の中央まで出ていき、バスの横に立ち、苛立たしげに停まる車の列を見つめた。背後からバスを降りて道路を渡っていく子どもたちの声が聞こえた。男の子ふたりと、同じ建物に住むほかの子たちの声が。地下鉄の駅から歩道に上がってきた父親が走り出したが、とても太っているので、走るのは容易ではなかった。「ポールはどこに？　ポールがいない！」父親が叫び、ウィラは歯科医師の膝のうえにいる子を指さした。すると父親は走るのをやめてシアサッカーの上着を脱ぎ、それで顔の汗を拭った。前日にウィラが父親のハンカチすべてにアイロンを掛けていたにもかかわらず。

その夜、ウィラは三枚目の絵を見た。それはおむつしか身につけていない赤ん坊だった。一歳くらいで、よちよち歩きの年齢だ。だがこの子が歩くことはないだろう。脚の場所にあるのはひれ脚だった。腕の場所にもひれがあった。目には瞳がなかった。裸の胸は白人の普通の赤ん坊と同じくピンク色で、乳首は薔薇色の点のようで可愛らしく、ウィラはそこにキスしたかった。

海豹《あざらし》のような赤ちゃんの絵の日付は十年前だった。ほかにはもう絵はなかった。三枚だけだった。

一番下の子が熱を出したとき、母親はアスピリンではなく液体の薬を飲ませた。「わたしたち、赤ちゃんにはアスピリンを飲ませないの」

「わたしたちも飲ませません、奥さま」

「また奥さまって――もう、だめ、だめ」

「……シルヴィ」ウィラは言い直した。

熱は上がり続けた。明け方にいったん下がったが、午後に再び上がり、夜になるとひどく高くなったので、両親は赤ん坊を小児科医のところへ連れていった。ウィラと上の子たちは家でジグソー・パズルをした。原因は細菌ではなくウイルスですね、と小児科医は言った。自然な経過をたどってますよ、と。

「しかし、この熱はどれくらい続いてる？」父親は四日目に苦しそうに言った。「おまえはこんな高い熱なんか出さなかったのにな」父親は八歳の子に食ってかかり、その子は泣き出した。「ごめんよ、ごめんな」父親は謝り、八歳の子を抱きしめた。

夜には大人たちは順番に居間にある揺り椅子に座って、つききりで赤ん坊を看護した。母親が赤ん坊を抱いて揺らしているあいだに、ウィラはキッチンに忍び込んだ。レオナ伯母さんがさまざまな木の実を挽いて作った赤い粉の入った袋を持ってきた。湯を沸かし、粉を入れて煎じた。ウィラに赤ん坊を看《み》る番がまわってきたときには、煎じた汁は冷えていた。それを入れた哺乳瓶をエプロンのポケットに忍びこませた。ウィラは赤ん坊を抱え、揺り椅子に腰を下ろした。むずかることに疲れた赤ん坊は、彼女の肩に身を預けて眠りに落ちた。母親が足取り重く寝室に入っていく音を聞いた。父親が寝室から出てくる音がした。キッチンにいる父親がなにかの道具を開く音が聞こえた。折りたたみ椅子かもしれない。満月だった。居間の窓から、グレーヴィッチ先生と管理人が腕を絡ませて通りを歩いていくのが見えた。

ウィラはエプロンから哺乳瓶を取り出した。赤ん坊を膝の上に下ろして抱き上げ、左の頬を撫でてから右の頬を撫でた。ようやく赤ん坊は目を開け、口を開けた。彼女は哺乳瓶の乳首を差し入れた。ウィラの顔をじっと見つめながら、赤ん坊は瓶の三分の二ほどを飲んだ。赤ん坊の体から熱が引いていくのがわかった。赤ん坊の息づかいが遅くなり、胸の喘鳴《ぜんめい》が鎮まるのがわかった。赤ん坊はふたたび眠りについた。笑みを浮かべて満足げに眠っている。ウィラは立ち上がり、赤ん坊をキッチンに連れていった。彼女が耳にしたのは、イーゼルの音だったのだ。父親は絵を描いていた。鉛筆の芯の側面を使いながら影を創っていた……。

「ジャック」

父親が振り向いた。「え？　どうした？」

「熱が下がりました」

父親はウィラから赤ん坊を抱き取った。そしてあたり憚らずに泣いた。だがウィラが絵を見つめていると――今度の絵は頭だけで、耳は尖り、片方の目しかなく、大きく開いた口には唇がなかった――父親は困り果てたように鼻を鳴らした。「魔除けみたいなものなんだ。最悪なことが起こるのを防ぐための」

ウィラは父親の肩に触れ、わかっていることを伝えた。それから彼女は流し台のところに行き、ポケットから哺乳瓶を取り出すと、乳首を捻って外し、瓶を傾けた。残っていた琥珀色の液体が、父親とウィラの目の前で流れていった。

お城四号

Castle 4

　その病院が低い丘のてっぺんに建てられたのは、南北戦争直後のことだった。赤煉瓦造りのヴィクトリア朝ゴシック建築は記念病院という名だったが、間もなく「お城」と呼ばれるようになった。内部は何度も新しくされたが、彫刻の施された手すりと小塔、迫り来る敵を矢で射ていた細くて高い窓はどれも当時のままだった。

　そして、本物の中世の要塞のように、周りにものものしい影を落としていた。そこで働く人や近くの住人、入院中の患者たちはみな、その建物に意思があることを感じ取っていた。それは慈悲か、悪意か、あるいはいまはもう、そのどちらでもないものなのかもしれない。この場所には、電子情報や忍びよるバクテリアといった秘密がたくさんあり、迷い込んできた生き物や、生まれたときからここにいる人たちがひしめいていた。エイズに感染した赤ん坊や短腸症の赤ん坊、脳幹欠損の赤ん坊たちはみな、生まれるとすぐ、恐怖に怯える親にお城に捨てられた。州から姿を消してしまった親もいる。ここには死を待つ美女、幸せな未来がない老婦人、人の気持ちに敏感な騎士《ナイト》、そして魔法のスパイス入りの袋を持ったパン職人がいた。優しい心根の醜男《ぶおとこ》の警備員がいた。


ゼフ・フィンがお城の敷地内で暮らして一年半が過ぎた。最初の四ヶ月は研修生の寮にいたが、いまはお城の近くに並んで建つ三階建ての建物の、最上階の部屋で寝起きしていた。めったによそには行かなかった。お城から部屋へ、部屋からお城への往復に終始した。ところが今夜は、それ以外の場所に出かけていった。料理持ち寄り《ポットラック》パーティだ。パーティでは、愛らしい娘がなにか尋ねてきたが、どういうわけかゼフの耳には聞こえなかった。娘たちはいつもどんなことを訊いてくるんだっけ。「局所麻酔医です」

「あらあ、そうなの。局所って？　どこの？　あちこちの病院に移動しているんですか？」

黙ったままゼフは、こちらの客からあちらの客へと移動した。パーティ参加者の大半が医師なので、局所麻酔科医が神経ブロックの専門家だということを知っていた。大勢がゼフを知っていた。その気安さから、ゼフは立ち寄ることにして、チーズストロー（チーズの入った細長いクッキー）の入った箱を抱えてきたのだ。パーティの主催者は救命救急室の責任者で、ゼフの数少ない友人のひとりだった。そうした友人を、「ぼくの散歩強制者」と彼は言った。しばらく引きこもっていると必ず彼らに引っ張り出された。

ゼフはいま恋人がいない。長いあいだ恋人はひとりもいなかった。しかし女性のなかには、ゼフがじっと黙り込んだり、人と目を合わせなかったりすることを、なんとかしたいと思う人もいた。そうした女性たちは、彼を救い出そうとした。救出する人を救出したいとは！　なんとも大それた企てだ。

「彼は仕事と結婚したんだよ」と言う人がいた。

「いや、違うね。カートと婚約してるのさ」と言う人もいた。

ゼフはこの冗談を耳にしても言い訳しなかった。ごみ容器が片側に付いている周到に設計された引き出し付きカートに、不滅の愛情を抱かない者がいるだろうか。いちばん上の引き出しには注射針、注射器、ラベル・テープ、静脈カテーテルが入っている。二段目の引き出しにはさらにたくさんの注射針とアンプルが入っている。三段目には、連続神経ブロックのセットが入っている。四段目には緊急処置用の装置が薬剤とともに入っている。その薬剤を詩のように韻を踏んで読める、と言ったのは恋人志願の女性で、薬の名を口説き文句のように覚えていた。「リドカイン、エフェドリン、フェニレフリン」と始め、アトロピンのところで詰まった。気の毒な子。

パーティからの帰り、ゼフは巨大な建築物をときおり眺めながら敷地を半周し、家に向かって歩いた。建物の後ろに広々とした駐車場があった。第二次世界大戦のときに若者だった古参の医師のなかには、駐車場が年を経るごとに広がっていった様子を覚えている者がいた。

もっとも、樹木が切り倒されるずっと前から、近隣の人々は敷地の向こう側に集まっていた。二十世紀の初めにお城のすぐそばに地下鉄の駅が作られ、三階建ての建物が次々に生まれた。低所得者たちの住宅になった。予想されたとおりだった。ごみがひとつところに集まるように、いくつもの区画ができて、建物にはみな羽目板が施され、各階にはポーチが作られた。三階建ての各棟の後ろには狭い空き地があり、三つの家族で利用した。アイルランドや、もっと遠い国からやって来た家族もいた。フィリピン出身者だけが集まる区画もあった。ヴェネズエラ区域、ブラジル街もできた。大勢の大人たちがお城で働いた。地下鉄に乗って町まで働きに行く人たちもいた。近隣には何軒かのレストラン、一軒のバー、一軒の食料品店があり、デイケア・センターも二棟あった。

この地区には思いがけないものが、三階建ての建物群が建ったときに見つかったものがあった。小川だ。地下を流れていてほとんど見えないが、小さな森のなかを通っていた。森の地面は土というより沼だった。奇妙な木々やひょろ長くて縦横に伸びた木が生えていた。その柔らかな土地の上にはなにも建てられなかった。身を隠すことさえできなかった。市当局は、この土地が利用できないことを知っていたわけだから、少しばかり整備して野菜や植物を植えるために開放したり、人々や鳥たちの聖域にしたりしてもよかったのに、結局放置し続けた。お城の近くに小学校が二校あり、二校とも運動場とバスケットボール・コートがついていて、一校には野球場もあった。そのため、子どもたちは小さな森には無関心だった。その森を昼間訪れるのは、おそらくいじめっ子から逃げてきたか、あるいは孤独を好んでいる、ちょっと変わった子どもたちだけだった。ゼフもときどきその森に行って煙草をふかしたり、稀にではあるけれど麻薬を吸ったりした。

この夏その森を、フィリピン人コミュニティのふたりの六年生が探索していた。ジョーとアセルだ。ジョーは植物と昆虫が好きだから森に来た。アセルはジョーが好きだから森に来た。毎日ジョーは、黙ってついてくるアセルを大目に見ていた。下校後のアセルの主な仕事は、たったひとりの姉の世話をすることだった。母親はすでに他界していた。姉の世話で忙しくしていないときにはジョーの後をついてまわり、彼の言うことに従い、彼の思いつきを受け入れた。でも、横になって鳥のさえずりを聞いているだけのときもあった。

「わたしのうちはすごく静か」とアセルは言った。

「おれんちは違う」

アセルの家には、多いときでも三人しかいなかった。ジョーの家はいつもお祭り騒ぎのように人でごった返していた。地下室にも人がいた。唯一静かな場所は、三階にあるゼフの家だった。ジョーはいつでも好きなときに、ゼフが留守のときも、ゼフの家に行ってもかまわなかった。ゼフがいるときも家のなかはしんとしていた。

毎日数時間、ふたりの子どもは森を探索し、木に登り、兎を追いかけ、昆虫の手足をもぎ取り、テントのようなものを作った。それを「お城二号」と呼んだ。

お城一号には三つの出入り口があった。いちばん幅の広い出入り口は、馬車が通れるよう設計されたもので、いまは救急車専用になっている。もうひとつの出入り口は駐車場に通じているので、いつの間にかそこが正面玄関になった。五つのアーチ——四つの窓と一枚の扉——があるかつての本当の正面玄関は、徒歩やバスで来た人たちを迎え入れた。そういう人たちは玄関まで続く長い階段を上がったり、車椅子の人は曲がりくねったスロープを力のない身内に押されていったりした。ゼフの出勤とかち合ったときにはゼフが押していった。

その玄関から入るのをゼフは気に入っていた。パーティの翌日の夜明け頃、ゼフはごつごつした節のあるステッキを脇に抱えて階段を上った。そのステッキは父親がゼフに残した唯一のものだった。大きな玄関扉から入り、古い梁《はり》がめぐらされたホールを通り抜け、檻のような古いエレベーターに乗り込み、現代的な設備が揃った外科病棟に行った。まずはいつものように服を着替え、手を入念に洗った。ゼフの着るものは限られている——いまも大学と医科大学からの奨学金を返し続けていて、それは今後何年も続くことになる——が、いつも仕事に行くときには上着とネクタイを身につけた。だったらりゅうとした姿だろうと思う人もいるかもしれないが、とんでもない、さらにみすぼらしく無頓着な様子に見えた。長身で手足の長い男性が、なんの目的もなくステッキを持っているように見えた。

「そのステッキ——刀でも隠しているみたいだね」と、ある研修医に言われたことがある。

「調べてみたことがなかったな」ゼフは小さな嘘をついた。

頭と顔についていえば、茶色の髪がたっぷりあり、丸い鼻と顎をし、患者の首の横を見て会話をする癖があった。「患者と目を合わせて」と指導医師からは何度も注意された。「わたしをちゃんと見て」といろいろなタイプの女性にも言われた。目を合わす？ 見る？ それはゼフの能力を超えていた。これまでずっと自信だけはあった。医大では記力のよさと手先の器用さで試験に合格してきた。患者の首の横しか見ようとしなかったが、患者への対応で落第点は取らなかった。質問には優しい声で考え抜いた答えを返すので、たとえ目を見なくとも、患者の味方であることがわかった。逸《そ》らした眼差しのほうがいいと思う患者もいたかもしれない。

その眼差しをうまく捕らえたらわかるが、ゼフの目は濃い青色だ。彼が全身麻酔をおこなうとき――全身麻酔をおこなうことがたまにあった――患者のほうに身を寄せ、十から逆に数を数えてくださいと言う。七になる直前に、一種のコバルト色の閃光が放たれる。しかしゼフの仕事の大半は局部麻酔をおこなうことで、それは正しい神経を正確にブロックするために最適の量の薬を正確に施して鎮静状態をもたらすことだった。薬の量は少ないほどよいが、痛みを遠ざけておくにはそれなりの量が必要だった。ゼフは、すべての痛みを不倶戴天の敵と考え、苦しむ患者を男女の別なく自分の母と見なし、外科医たちを、やっていることの残虐さに無頓着なドラゴンだと思っていた。局部麻酔を施され、ときには長い微睡《まどろ》みのなかにいる患者との会話は、語句の途中で途切れはしたが、なにを言っているのかわからなくなることはめったになかった。患者のひとり語りは、自信のある口調で始まり、やがて親密なものに変わった。もっとも、話す内容はそれほどロマンチックなものではなかった。バード・ウォッチングやジャズのこと。移民の話題がやけに多かった。ゼフの応答は、もっと話すよう促すもので、手や目を忙しく動かしながらもお喋りを続けた。コメクイドリはどんな色をしてるんです？　コルトレーンよりバードの演奏のほうがお好きなんですか。ええ、ここに暮らす人たちはあらゆる場所で生まれたんですよ。おひとりでご旅行に行かれるんですか？　その応じ方はだれが聞いても、侮蔑めいたところがひとつもなかった。外科チームのメンバーはアジアの周辺国や亜大陸出身者が多かったが、チーム責任者はたいてい白人《ヤンキー》だった。あるいは、ユダヤ人かアイルランド人だった。ゼフの両親はともにアイルランド人で、父親は外科医ではなく、医療とはまったくかかわりのない人だった。たったひとりの子どもに「微風《ゼファー》」という名を付け、その子にステッキを残し、わけのわからないことを話していた、ただの無責任なヒッピーだった。

手術をして数時間後の患者に術後面会をしても、患者が手術中の会話を覚えていることはなく、ときには、ベッド脇に立って自分の首筋のあたりを見つめている男がだれなのか覚えていない患者もいた。すっかり忘れ去られていても、ゼフはなんの痛痒《つうよう》も感じなかった。翌日手術を受ける患者たちのところに行って説明する仕事を黙々とこなした。ただ、病室に入るときにはいつも、油を差し忘れた金属のような気がした。彼は目を逸らし続け、ベッドに横たわる患者とようやく一瞬目を合わせる。そして自分のばかばかしい名前を告げる。患者がそうしたいようなら握手する。病室に赴くのは、どんな些細な質問にも応じるためだ。ゼフは椅子に座るのが好きだが、スツールでもかまわない。急いでいるそぶりはいっさい見せない。質問に答え、クリップボードにメモを取り、質問が終われば（もっとも、同じ質問が何度も繰り返されるが）説明に入り、わかりやすい言葉を選んで、麻酔のこと、その持続時間や考えられる副作用について、経鼻挿管の可能性や手首からカテーテルを入れなければならないことなどを話した。「あなたをしっかり見守っていますよ」と言った。それから前よりいささか落ち着いた様子で、患者の目をもう一度見る。そしておそらく握手して、ではまた、と言う。

いまは朝の六時三十分。彼は紙製のスリッパをはいて手術準備室に入っていった。彼が最初に到着した医師だが、チームのセカンド・メンバーはいた。手洗い専門の看護師がすでに待っていた。その看護師に手伝ってもらってゼフはマスクを付けて手袋をはめ、真珠色と銀色の聖域に入った。最愛のカートに入っているものを調べた。ほかの医師たちが入ってきた。そしてひとり目の患者が仰向けのまま運ばれてきた。手術が始まった。

この患者は五十七歳の肥満した男性で、糖尿病を患い、膝関節置換をせざるをえなくなっていた。「説明したとおりに、これから注射針を刺します」とゼフは言ったが、そう言っているあいだに、針は目的の神経に到達していた。ゼフは話ができるように自分の顔を患者の顔に近づけた。話しながらモニターを確認し、外科医の動きを妨げないようにした。すでに患者の膝には外科医がジャッカルのように群れていた。「左足になにか感じますか？」とゼフが言うと、看護師が足の裏を引っ掻いた。「いいえ」と患者は答えた。看護師が患者の太腿をつねった。「左の太腿になにか感じますか？」とゼフは言った。「いいえ」の返事。ゼフは「準備できました」と言った。手術室の外では決して聞くことのできない厳《おごそ》かな声だった。

患者はゼフにセーリングのことを話した。「あんな素晴らしいことはないね。自分の思うままだ。すごく楽しい。自分がまるで……ええと……」

「風ですか？」ゼフは言葉を助けた。

「体がなくなって……心もなくなって……大気と空でできているんだ」

「海は？」

「マシュマロのような……ピーナッツバターのような」

ゼフはミダゾラムを減らした。

「いっしょにやりましょうよ、先生」

「ぜひ」

次の患者は非常にお喋りだったので、ゼフは点滴薬にジアゼパムを加えてから、子どもや孫たちへの不満を漏らす患者のお喋りに加わった。ゼフの返事を聞いた人がいたら、手に負えない子や孫との付き合いこそが彼の人生の目的だと思ったかもしれない。三番目の患者は、胃に切除可能な腫瘍のある少年で、全身麻酔を施した。深い人工の眠りに落ちている少年とは言葉のやりとりができなかった。腫瘍は広い範囲に及んでいて、完全に切除することは不可能、と記した。最後の手術は乳腺腫瘤《しゅりゅう》切除で、綺麗にすっきりと切除した。手術台に載っている女性はゼフにふざけたことを言い、ゼフはすぐに同様な言葉を返し、そのおかげで彼女の意識を可能な限り明瞭にしておくことができた。「ねえ、青い目の先生、恋をしたことはある？」彼女はくすくす笑った。

その後で、その日二回目のシャワーを浴びると、彼にしがみついていたお喋りの言葉はみな病院の下水へと流れていった。


ある日、雨が降った直後に、悲惨なことが起きた。アセルがしゃがんで川岸を滑り降りていくと、短剣で刺されたような痛みが走った。だが、それは短剣ではなく細い小さな枝だった。ジーンズをはいていたら軽傷で済んだかもしれないが、その日アセルは去年のパーティで着た綺麗なワンピースを着ていた。縞模様のミニスカートの下の脚は素肌で、太腿から尻の部分は細い小枝に無防備だった。さらに悪いことに、先端が鋭く尖った小枝は肉のなかにするりと入ってしまい、ジョーが見たところ、取り出すのは難しそうだった。

「釣り針みたいに、先端が反り返ってる」ジョーがアセルに言った。「釣り針は絶対に抜けないようにできてる……だから体のなかに入ったら抜くことができない。それで、魚は逃げられないんだ」

アセルは俯《うつぶ》せになっていた。「でも引き抜いて」

ジョーはかがみ込んで、アセルの柔らかな肉を食べているように見える小枝を丹念に見た。「だめだよ。そんなことしたら皮膚が裂けちゃうよ。破片みたいで、なかで曲がってるんだ。肌の……表面のすぐ下にあるんだけど。少し切れば取り出すことができそうだ」

「じゃあ、喋ってないでさっさとやって」

ジョーは模造品のスイス・アーミーナイフを取り出した。ふたりはこのナイフで夏中楽しんできた。ジョーへの誕生日プレゼントだった。模造品でもかなり高価だったので、ジョーの家族全員が金を出し合わなければならなかった。「刃を消毒しないとだめだ」

「唾をかけたら」

ジョーは後ろを向いて、刃と両手に放尿した。それから丸めた汚いハンカチを渡して、アセルに噛ませた。ジョーは人差し指と中指で怪我をした部分を広げると、切っ先で小枝を弾き出せるくらいの深さと長さに素早く切った。意地悪な小枝が出てきた。それをアセルの太腿の上に置き、払いのけた。出血はほんのわずかだった。

「とても痛いけど、さっきほどじゃない」とアセルは言った。「ひどい言い方してごめんね」

正面玄関――事実上の正面だが、ゼフが毎日ステッキを脇に抱えて入ってくる本来の正面玄関ではない――の近くにギフトショップがあり、最近ヴィクトリア・タルナポルが経営することになった。ヴィクトリアはお城で生まれたが、そのとき以来六十年近く戻ってこなかった。だからいまになって、ばかげたギフトショップを経営するためであろうと、戻ってきたことは大きな事件だった。

このギフトショップは、手ぶらでやってきた見舞客が、香りのよい石鹸の箱や、刺繡入りハンカチや、瀕死の患者の気分を引き立てるガラスのキャンディ皿などを買うための場所だった。ペーパーバック用の回転ラックは便利で、子ども用のゲームやパズルもそこに並べられた。ヴィクトリアが店の責任者になってから、丸テーブル二脚と小さな椅子が何脚か姿を現して、コーヒーと紅茶と、彼女が早朝に家で焼いてくるペイストリーが提供されるようになった。その小さな喫茶店は評判になった。大勢の見舞客は病院内のカフェテリアが気に入らなかった。知りたくもない病状について話し合っている医師たちの声が耳に入ってくるからだ。

警備員のミスター・バハンデは、ガラスの壁に囲まれたギフトショップのそばに配置された。初めの何日かは、店の新しい責任者と会釈するだけだった。しかしある朝、朝食を抜いてきたことがあった。上の娘が――顔は女神のように美しかったが、背骨が変形していた――仕事台に体を合わせるのに手間どり、いつも手伝ってくれる下の娘は学校に遅刻し、彼自らが自分とカミラとアセルの分のボローニャ・サンドイッチを作らなければならなかった。午前の中休みのときに、いつもなら彼は病院の庭を散策するのだが、この日は空腹を抱えてカフェテリアへと急いだ。ところが、ギフトショップのウィンドウに飾られたボトルに入った帆船に気づいて足を止めた。こういう作品を作ってみたいものだと思った。そしてふと目を上げ、店のなかを覗いてみると、小さなテーブルがあり、そのひとつに不安そうな様子の男性が力なく腰をかけていて、その向こうに一休みしている店の責任者がいた。彼女の灰色の髪は小さな頭の形に切りそろえられていた。先が少し丸みのある鼻は、まばゆいほどの容貌にさらなる美しさを加えていた。彼女はなにかを切っていた。それを見て、ミスター・バハンデは店内に引き込まれた。リンツァートルテだった。それはマリー（安らかに眠り給え）のものより美味しかった。

それ以来、十時十五分になると彼は決まってやってきた。さまざまなパンを食べ、さまざまなコーヒー・ケーキを食べ、さまざまなパイを食べた。さらに、ガトー・シトロンとバクラバと、チョコレートではなくその聖なるエキスが閉じこめられているようなシュークリームも食べた。どれも気に入ったが、甘くないもののほうが好みだった。ヴィクトリアは甘くないものを多く作るようになり、砂糖の入ったものは減っていった。

ギフトショップが十一時前に忙しくなることはめったになかったので、ふたりはその時間を気楽に過ごすことができた。ある朝——その日のパンは生姜の欠片《かけら》が入ったジンジャー・ブレッドだった——彼はいっしょにこのテーブルで食べませんか、と彼女を誘った。戸惑いに満ちた一瞬、彼女は自分の短い髪に両手を当てた。そして両手をまたよく洗い、自分の分を切り分けると、彼の向かい側に腰を下ろした。

ジョーとアセルは言い争わずに、ゼフの好きな古い玄関を使ってお城に入っていった。救急救命室で、アセルは自分の名前と家族の社会保障番号を告げた。姉がよく病院に来るので覚えていた。医師はジョーをアセルの兄だと思い、病室のなかに入れてくれたが、アセルの体を調べるときにはカーテンを閉めた。

「ノボカインの注射を打ってから消毒するからね。毎日お母さんに着替えさせてもらって、この軟膏を塗ってもらうんだよ。今夜はお風呂に入らないように。破傷風にならない注射を打つね」医師は言ったとおりのことを正確におこなった。そして少女を仰向けにすると、あっさり抱き起こし——なんと言っても小さな女の子だから——立ち上がらせた。

「目眩がする？」医師が尋ねた。女の子の肩に置かれた手は、女の子が落ち着くまでの二分間ずっと体を支えていた。「何日かは、座ると痛むと思うよ」医師がカーテンを開けると、スツールに座って待っているジョーがいた。そしてジョーの膝には、アセルの血の付いた下着の入ったビニール袋が載っていた。「きみがこの切開をしたのかい？」

「うん」とジョーは言った。

「いい手際だ」

「いい手際」ふたりが救命室を出るとき、アセルが同じ言葉を呟いた。アセルはジョーと手を繋ごうとした。しばらくして、ジョーはその手を彼女に委ねた。


そしていまゼフは、手術を明日に控えた患者のところへ行く準備をしていた。新しい手術着を身につけたのは、患者は手術着姿の医師を見るのが好きだからだ。

ひとり目の患者は夫に先立たれた子どものいない老婦人で、舌にがんができていた。そのがんは進行していた。彼女はそれを無視し、歯科医と医師の診察日に行かず、どんな天気でもハンカチで口を覆い、数少ない存命の友人を訪ねないで済む言い訳を考え、発症を知られないようにしていた。ところが昨日、歩道の亀裂の形を取った運命によって彼女は転んだ。救急車の救命士は、彼女の腫れあがった手をその膝に置き、秘密を隠していた口元のスカーフを優しく取り除いた。膨らんだ病巣はアプリコットのようだった。緊急外来室の医師が折れた指に添え木を当てるや、彼女は頭頸部腫瘍科に直ちに運ばれ、検査され、協議がおこなわれ、手術の日程が決まった。

もちろん、腫れ上がった舌ではうまく喋れなかった。しかしゼフはすべての意味を理解し、とっておきの眼差しを真っすぐに注いだ。

「ようなる……ともって」女性はなんとか言葉を作った。

ゼフには、老婦人が「よくなるとは思っていなかった」ことがわかった。彼女は、発見されたらすぐに切除され、その直後に死ぬと思っていた。だから、秘密にしておけば、孤独な人生であっても、生き長らえることができると思ったのだ。

彼女が知りたかったのは――いまや紙の束の力を借りて、動くほうの手で筆談した――どのくらい舌を取ってしまうのか、ということだった。担当外科医は教えようとしなかった。

「担当医師は言えないんですよ、フラハティさん。ぼくも言えません。でも、セラピストが、こうした場合に言葉を取り戻す方法はたくさんあるんですよ、と言ってます」。彼女はその言葉で満足しなければならなかった。そして、ゼフは彼女の手を握りしめたものの、またもや目を逸らした。

「あああ、いいお」というのが、ばらばらになった彼女の音節だった。

ゼフは自分がいい子だとは思わなかった。二日後、ゼフが手術後の面接をすると、彼女は母音すらも言えない状態だった。セラピーで舌が半分になった女性を助けられるのであれば、それは奇跡だ。しかし彼は嘘はつかなかった。

次の患者のカルテを見た。目立った病歴はなかった。白人女性。三十六歳。未婚。健康。一度の妊娠、中絶。肉親はいない。不調を訴え、腰の痛みが数ヶ月続く。最近激痛を伴うので歩行が困難。脊椎のレントゲン撮影及びMRI検査の結果、第四腰椎と第五腰椎にぼんやりした影が見えたが、その隠された意味をそれ以上明らかにすることはできなかった。生検針でもっと詳しいことがわかった。ステージ4だった。

女性の名前はキャサリン・アドリアン。かすかな皺が目の縁から扇状に広がっている。下向きの浅い溝が両頬に一本ずつあり、整った口の両脇に括弧の印のようについている。顎はほっそりしている。ゼフがこんなふうに自由に観察できたのは、彼女が眠っていて、気兼ねなくその顔を見ることができたからだ。

　クリップボードをちらりと見た。あと三人の患者を診なければならない。明日の手術が問題ないことを告げ、良い状態であることを請け合い、メスによる痛みはすぐに和《やわ》らぐと説明しなければならない。後でまたミス・アドリアンのところに来よう。

　それが合図だったかのように、彼女が目を開けた。青かった。ゼフが鏡を見たときに逸らす目の色と同じくらい濃かった。

「こんにちは、ミス・アドリアン。ぼくはゼファー・フィン。あなたの麻酔医です」

「まあ、すてき」

　ミス・アドリアンの部屋には椅子とスツールの両方があった。ゼフは彼女のベッドの端に腰を下ろすことにした。「明日の手術で不安なことがありますか」とゼフは尋ねた。

「興味津々よ」

「なにがです……?」

「どんな形をしているか見たいの。わたしの背骨のまわりを覆っている異物のこと。お医者さまがモニターに映したその姿を見たいな」

「背中の手術では、部分麻酔でおこなわれることもあります」ゼフは台本を読むような口調で言った。「その場合は手術台にいる患者さんはモニターを見られます。でもたいていの患者さんは目を閉じていますね。われわれにはあなたの患部の深さがわかりませんし、あなたの意識が明瞭なあいだは組織に触れる危険を冒すことはできません」

「アルコールのなかに入れて保管してくださる?」

「外科医に訊いてみましょう」

彼女はため息をついた。「なにが発見されるにせよ、それでわたしの痛みは終わるのね」

そして痺れるようになるだろう、とゼフは思った。「はい」ゼフは安心させるように言った。

それからゼフは話をした。あたかも、彼女がすでにゼフの治療を受けていて、彼が神経ブロックを施し、鎮静剤を与えて、明瞭な意識を保たせているかのように。ベッド横には子どもが読む本がたくさん置いてあった。『プー横町にたった家』、ピーター・ディキンスンの小説、グリム童話。「ぼくも読みましたよ。ぼくの唯一の得意分野だ。ほんのちょっとの魔法」

「性愛のない喜び」

「『めでたしめでたし』は、決してめでたくはない……」

彼女は地元の短期大学で数学を教えていた。非常に優秀な教師というわけではなかった。「おもに補習授業をしているの。数学を面白くしようと思ってね。でも居眠りしてしまう学生もいるわ。わたしって、睡眠剤よ。あら、わたし、あなたの職業《ゲーム》が向いているかもしれない」

遊び《ゲーム》という言葉から、ふたりの話題はチェス、スクラブル、レッド・ソックスへと移っていった。ゼフは具体的なスポーツに触れるのは避けた。彼女はテニスをやっていたかもしれない。気の毒に。一時間が経過した。外科医が病室に入って来て、患者のベッドに腰かけている腕のいい麻酔医を見つけていなかったら、もっと長居していたことだろう。

再びロボットのようになったゼフが立ち上がった。「こんにちは、シャピロ先生」

シャピロ医師は会釈をしてミス・アドリアンの手を取った。そして「気分はどうですか？」と話し始めた。

ゼフは扉に向かいながら、彼女の目をちらりと見た。彼女もちらりと見た。

影は、その爪を伸ばして第四腰椎を握りしめていた。手術室で凍結切片検鏡標本をおこない、腫瘍が凶暴なけだものであることが確認できた。すでに骨に転移していた。いまはわずかだが、やがて全身に広がるだろう。

ヘクター・バハンデとヴィクトリア・タルナポルは、しだいに身の上話をするようになった。ヘクターは、この国に来たときに抱いていた希望のことや信じていたことなどを、ぽつりぽつり話した。子どもの受難、妻の死、安らかに眠れ、家の近くで職を見つけなければならなかったこと。ヴィクトリアは、自分が末っ子で、美術学校で働くのを辞めて病弱な母親の世話をするように姉たちに説得されたこと、もっと広い家で三人で暮らしてくれる男を探し出せと母親に命じられたことなどを話した。「あんたがもっと料理が上手だったらよかったのに……」と母親は言った。

「どうせ長くは保《も》たないから」と、姉たちは、自分たちに都合のいいようにヴィクトリアを騙した。とはいえ、母親はようやく死んだ。ヴィクトリアは、その魂を安らかに眠らせて、と神に頼めない気がした。「あなたの上のお嬢さんは、どんなふうに時間を過ごしているの？」ヴィクトリアはヘクターに尋ねた。

ヘクターの顔がぱっと輝いた。彼は背が低く、太鼓腹で（最近、贅沢なものを食べているせいもあった）、団子《だんご》っ鼻《ぱな》、猪首《いくび》、頬には目立つほくろがあった。「彫刻をするんだ」ヘクターは不器量な顔をほころばせながら言った。「動物や小さな人の姿を彫ってる」

ああ、神さま、小さな迷える子羊たち、愛しい女奴隷《オダリスク》たちだわ。ヴィクトリアは訊かなければよかったと思った。

「見せようか」ヘクターはすでにポケットのなかに手を入れていた。「たいていはもっと大きいんだ。これは小さなものでね」

犬の形をしていた——確かに仔犬だ。可愛らしさがまったくなく、男の上着の内側から絶望的な顔でこちらをうかがっていた。男だとわかったのは、ボタンが右側の身頃についていて、ネクタイをしていたからだ。そのストライプ柄が精巧に彫られていた。男に頭部はなく、胴体《トルソ》は擦り切れた上着の真下で終わっていた。

「こうした彫刻がまだあるの？」鋭い口調でヴィクトリアが訊いた。

「たくさん、たくさんある。ただ、もっと大きいんだ」

「売るつもりはある？」

ヘクターは肩をすくめた。「男がひとり、見に来て、ひとつかふたつ持っていった。小金を持って戻ってきた」

悪党だ、とヴィクトリアは思った。「わたしも同じことができると思う。しかも、もっと大きな取り分を渡せるわ」

ヘクターはゆっくりと口を拭った。「ミス・タルナポル……」

「ヴィクトリアと呼んで」

「ヘクターというのが私の名です。ヴィクトリア、こんなことを言っては失礼だが、だれがこんなものを買う？　人々が求めているのは、貝殻の装飾があるティッシュの箱だよ」

「ええ、そのとおり……でもね、わたしには美術界に友だちがいるのよ。しかもわたし、一時期は引っ張りだこのショー・ウィンドウ装飾家だった。ねえ、ヘクター、ほかの作品を見せてもらえる？」

「明日持ってくるよ」

彼が持ってきたのは、ユニコーンと丸っこい人形だった。最初、その人形は絵付けをしていないマトリョーシカに見えた。ユニコーンは笑っていた。マトリョーシカは笑っていなかった。その彫られた両腕は腹部に押し当てられ、これは安産とはわけが違う、この出産で死ぬことになる、お腹のなかにいる九か十の人形はくだけてしまうだろう、と言っているかのようだった。

「あなたの代理人は、売り上げの十パーセントを渡してよこしたのね。わたしに売らせて。わたしなら売り上げの十パーセントをもらって、残りはあなたに渡すわ。まずはこのユニコーンを知り合いに頼んで、こちらのロシアの人形はここのウィンドウに宣伝用に飾ることにする。カードには『非売品』と書くの……客寄せとしてね」

「出産で死にそうになってる女に興味をそそられる人なんかいないよ」

「まあ、見ててごらんなさいな」

ヴィクトリアは、ボストン線近くにある自分の生まれ故郷ゴドルフィンの、開店したばかりのギャラリーにユニコーンを置いた。それからお洒落な繁華街で繁盛しているブティックの経営者に頼み、編み目がよくわかる毛糸の帽子を被った椋鳥《むくどり》を飾ってもらった。これはヘクターがその次に持ってきたものだった。環境保護主義者が買っていった。どうとでも受け取れる鳥のメッセージを読み解いたのかもしれない。ヴィクトリアは委託料をブティックの経営者と折半したので、それ以降、カミラの作品のひとつが必ず店の一等席を占めることになった。最初のうちは、衣服を買うつもりのない人たちが店に入ってきたが、並んでいる衣類を見ているうちに、だれもがスカートや、ときには上から下までの一揃いを買うようになった。


しだいに寒くなり、学校が始まると、ジョーとアセルは森を諦めてゼフの家に行った。

ふたりとも午後の時間をこの部屋で過ごすには、静かにしていなければならなかった。ふたりの家族は、ゼフの解剖学の本を修行僧のようなゼフの部屋で読むという、だれにも非難されない行動を快く思わなかった。ふたりはその部屋をお城三号と呼んだ。

解剖学はまるでわからないというわけではなかった。性教育のときに、精子がパートナー（つまり卵子）目指して突っ走っていく恥ずかしい絵を見たことがあった。そしてふたりともが、月経のせいか、あるいは巡り合わせのせいで、精子が卵子にたどり着けないこともあると知っていた。「でも巡り合わせがあなたがたにとってよくない働きをするときもあるんですよ」と先生は警告した。解剖学の本のなかで、芸術家がさまざまな腫瘍を「バーミセリの袋」とか「怒りの茸」と表現しているところがあった。また、有名なフットボール選手が膝を怪我したとき、テレビのニュース番組の司会者が、膝は身体でももっとも複雑な関節のひとつです、と述べていた（ふたりは自分の家で別々に見て、その後これについて話し合った）。確かに、膝は靱帯、半月板、腱、軟骨などで構成されている。なんだか膝って信用できない感じ、とアセルはジョーに言った。

「持ちつ持たれつって感じだよ」とジョーは訂正した。

アセルの父親の膝は多くの厄介事をジョーにもたらした。アセルはこの一晩だけこの本を借り出して家に持ち帰り、カミラに見せたかった。そうしたらカミラは二次元のさまざまな絵を丹念に観察できて、独自の変わったやり方で膝を彫ることができる。しかしジョーは本を部屋から外に出すことを許さなかった。それである日、アセルは関節の絵を自分で描こうとした。ジョーは顔面神経の名前を呟いていた。覚えていたのかもしれない。ゼフの本はベッドの上に開いてあった。ふたりはその前に跪《ひざまず》いていた。ジョーは繰り返し名前を唱え、アセルは描き続けた。するとジョーがアセルに向かって言った。「涙腺、舌状、下顎、まだ終わらないのか？　眼炎」

「終わった」アセルは言った。また膝の絵を見に来ればいい。

ふたりは数ページ先を開いた。循環器系があった。

それは、それこそはアセルがずっと待っていた箇所だった。ごつごつした器官だ。房と室と動脈——心臓——は、ヴァレンタインのハートとは似ても似つかなかった。でもひとつの心室から愛情が生まれたのだ。そしてそれは別の人の心室に飛び移る。こっちの心からあっちの心に。彼女の読んだどの物語でもそんなふうに愛情は生まれた。宮殿でも、町中でも、農場でも、この近所でだって生まれる。お話のなかでは、お城のベッドに横たわるお姫さまになれるし、車椅子に固定されたりもする。警備員にもなれるし、少年のような短い髪型をした女性にもなれる。解剖学の本はどちらの心室が愛の場所なのか示してはいないが、この本はきっとゼフのように、ジョーのように内気なのだ。

「暗くなってきた」とジョーが言った。

「帰ったほうがいいね」

「足音立てるなよ」ジョーが念を押した。


キャサリンは役に立たない薬の点滴を受け入れるだけの入院患者になった。ほかの器官への影響を最小限に留める治療のために毎日救急車で病院に運ばれていくことを、粗探しが得意な保険会社が許すはずがなかった。

「それで、わたしはなにかの原因でここで死ぬのよ」とキャサリンは言った。

午後五時のふたりの面会時間が、一日のうち唯一会える時間だった。彼女がもっとも用心深くなる三十分間だ。最初の週が終わる頃には、ふたりには互いのことすべてがわかっていた。長い時間をかけて悪化していった彼女の恋愛関係、彼の不満ばかりこぼす母親(母親はゼフの手を引いて、疲れ果てて死ぬまで古いステッキを追いかけ続けた)、人が手術台に載っていないと話せない彼の性質、人生の進み方に彼女が失望したこと。彼はお城にある特別な場所のことを話した。地下に南北戦争で死んだ兵士の霊廟があった。あまりにも巨大だったので、その上で眠ることができた。ゼフはときどきそこで寝ていた。研修医の特別室では、十五分ほどの空き時間ができた者はだれでも、だれにも邪魔されずにベッドで横になれた（ゼフは「枕の下にいつも『宝島』を入れておいたんだ」と打ち明けた）。病院の礼拝堂はとても簡素で宗派にこだわらないので、すすり泣く人たちがいないときには、まるで午前二時の鉄道の駅の待合室のような感じがした。

ゼフはいつも、ヴィクトリアが取っておいてくれるペイストリーを持ってきた。キャサリンはなんとか一口食べた。残りはゼフが食べた。ある日、キャサリンのもとから帰る途中で、ゼフはギフトショップに寄って出産に苦しむ人形を買った。「妊娠中毒だね」とゼフは病名を言った。ヴィクトリアは静かに「非売品」のカードを外し、その人形を包装した。ゼフは自分の部屋の棚に置いた。

キャサリンの器官が、腎臓と肝臓が、耐えられなくなる時がやってきた。「化学療法をやめれば吐き気がしなくなるかもしれない」とキャサリンは言った。

「そうかもしれないね」

「やめにしてもらえる？」

ゼフは答えなかった。

「あなたがわたしだったら、どうする?」

「ぼくがきみだったら、ぼくがきみだったら、ぼくと結婚する」

新郎付添人は点滴用の支柱だった。ゼフはジョーを招待し、ジョーはアセルを招待した。治安判事は立会人の年齢については不問に付した——名前を書ければいいんだよ。射手が使った狭い窓から差し込む光が、キャサリンの青白い顔を明るく照らした。花婿は、花嫁に花束を贈る習慣を覚えていて、ふたりの指輪も買っていた。彼の「誓います」の口調が揺るぎないものだったので、キャサリン以外はみなびっくりした。ゼフは身を屈めてキャサリンに口づけした。彼女は苦しそうに息をしていた。

ゼフはその日から始まる休暇の申請をした。それで身内として、キャサリンのベッド脇に折りたたみベッドを置いて眠ってよいことになった。ステッキは部屋の隅に斜めに立てかけた。ゼフは知っていたが、ステッキには刀が仕込まれていた。ある夜、その刀を鞘から抜いて、シュッと斬る真似をした。前へ、後ろへ。キャサリンはわずかに笑った。彼は刀を鞘に収めた。

ゼフは折りたたみベッドから彼女の手を握り、ふたりとも眠ったふりをした。その一週間後、腎臓の機能が停止し、彼女は死んだ。こうしたことの常として、ほぼ平穏のうちに。

カミラは売れっ子にはならなかったが、この町でささやかな人気を得たために、美術商と偽っていた詐欺師を追い払うことができた。ヴィクトリアはカミラに、優秀な広報係のいる評判のよい小さな代理店に作品を委託することを勧めた。カミラは、自分の写真を絶対に公表しないことと、障害について一切言及しないことを条件に同意した。そんな虚栄はやがて消えていくだろう、とヴィクトリアは思った。お金が入ってきた。バハンデの家庭環境はしだいに改善され、普通の家と変わらなくなった。

「でも、きみは十パーセントでいいの?」とヘクターはある日の夕食の後で言った。

ヘクターとヴィクトリアは、ポーチの椅子に腰かけていた。ヘクターの痛みの走る膝は柳の枝で編まれた椅子の上に載っていた。ヴィクトリアが、バハンデのキッチンにいる人たちのために料理を作った。魚料理、サラダ、果物、胡桃パン。ジョーはその夜を、リチャード・ドーキンスの本を読んで過ごした。アセルはだれかのためにマフラーを編んでいた。ゼフは、カミラがステッキの柄《え》に取り付ける猫の頭を彫っている様子を見つめていた。片方の猫の目が垂れ下がっているのは生まれつきだった。

カミラだけが、ゼフがステッキを父親にプレゼントするつもりでいることを知っていた。ジョーが家に帰ると言うと、自分の考えから抜け出したゼフは、ジョーといっしょに歩きながら帰った。カミラとアセルはベッドに入った。

「あなたが十パーセントしか取らないとは」ヘクターは話を蒸し返した。

「わたしは年寄り《エイジング》で、代理人《エイジェント》じゃないの。ほかの人があの大変な仕事を肩代わりしてくれて嬉しいわ。わたしにはあのギフトショップがぴったり」

「あなたは私の家族にとって贈り物《ギフト》だ」静かな口調で言った。

新しいシャツを身につけたヘクターはとても美男に見えた。とはいえ、毎日身につけている警備員の制服ほどハンサムに見えるものはほかになかった。

「年齢のことだけれど――あなたは私よりものすごく年上ってわけじゃない」ヘクターは身を寄せながら言った。しかし彼女にはまだ触れなかった。

「わたし、六十よ」

彼は気にもせずに頷いた。「私は四十五だ。だが、この悪い膝のせいで五十歳だよ。私たちと暮らさないか」

ヴィクトリアはこの申し出について考えた。姉たちはもう二度と連絡をしてこないだろう。かえって好都合だ。ヴィクトリアは経験を積んだ看護人だ。この家の栄養状態はきっと向上する。近所で花開いていくロマンスを見守ることもできる。

「お城までいっしょに歩いて通えるわね」ヴィクトリアは言った。ヘクターは、それを承諾の言葉と受け取った。

石

Stone

彼女は、石造りの家に住む三人家族と暮らすために、ニューヨークから南部の起伏のない町へやってきた。そこにはたくさんの野生の生き物もいた。彼女は学者でもなければ、仲間づきあいを求めていたわけでもなく、腕のいい料理人でもなかった。どちらかといえば、好奇心が旺盛だったのだろう。

起伏のない町は低い山脈《やまなみ》に囲まれ、小さな単科大学と川と映画館が一軒だけあった。その家族は礼儀正しかった。そこへイングリッドがやってきた。イングリッドは、高齢といってもよく、二度結婚し、二度夫に先立たれた。ふたり目の夫のおかげで、財産を手に入れた。いくつかの理事会のメンバーだった。ニューヨークでなら、少しお喋りがしたいと思えば、愉快な友人と電話で話せばよかった。ひとりになりたいと思えば、本が並ぶ狭い書斎にこもっていればよかった。彼女の印象的な角張った顔は人目を引いた。その長身も（とても背が高く、しかも首が長いのでさらに何センチか高くなる）、愁いを帯びた微笑みも、遠近両用眼鏡で半分に分かれている金色の眼もみごとだった。その眼は最近では遠くの丘に注がれているが、いつもならアッパー・ウェスト・サイドのアパートメントの通りの向かいにある、低いブラウンストーンの家々を眺めていた。彼女はマンハッタンの六十三丁目通りで暮らしていた。

いや、いま暮らしているのは六十三丁目通りではない。いまはこの退屈な町で、故人となった最初の連れ合いの、これも故人となったその姉の息子に雇われている。手足のひょろ長い物静かな少年が、何十年も経って、長身で寡黙で、太腿がペカンの木の幹のようにがっしりした男になった。いま彼女は、内緒にしなくてもよい会話を交していた。その話相手は、甥の妻で体重の少ないリンだ。リンはイングリッドの娘と同い年の三十六歳だった。イングリッドの娘は写真家で、やはり写真家の妻とシアトルで暮らしている。ふたりはカメラの機材を担いで、しょっちゅうニューヨークにやってくる。ここには愛情をせがむ勇敢なグレイハウンドがいるが、この犬たちの隣にいるとリンは兎のように見える。いま、イングリッドが遊んでいる相手は、ああ、紹介が後になったけれど、甥とリンのあいだに生まれた五歳になる娘クロエだ。イングリッドの息子が病気になって彼女の元から永遠に去った歳と同じくらいだ……。別にこれは偶然の一致でもなんでもない。事実を言えば、彼女の息子が死んだのは四歳のときだった。

イングリッドは、昼食によく通ったブロードウェイの店が恋しかった。興味をかき立てられる友人たちが恋しかった。友人たちは、病気や危機や喪失を味わうたびに会ったり、脳の隙間に落ちてしまった言葉を拾い上げたり、年を取ってできた友人の亀裂を補おうとしたりと、たがいにいろいろやっているはずだ。友人たちは彼女に戻ってきてほしがった。そう手紙に書いてきた（彼女は電子メールも休んでいた）。それに、仕立て屋が恋しかった。イングリッドの長い長い首を襟やスカーフなどで隠そうとはせずに、長い長い襟元で強調し、だれもが羨むようなものに仕立てあげるデザインをする、一種の天才だった。

彼女のいる町には、ひとりの仕立屋もいなかった。

その家は舗装がされていない道の行き止まりに建っていた。灰色の石がきらきらと輝き、よく繋ったノウゼンカズラが壁一面を覆っていた。スレートの切妻屋根で煙突があり、リンが丹精する家庭菜園があった。木の密集した森が裏庭まで迫ってきていて、森の前にある二本の林檎の木は断りなく出しゃばっているように見えた。家の台所には古くて黒いストーブがあり、点火器で火を付けなければならない不便なものだった。甥のクリスは、いつか家族を自分の建てた家に住まわせる、と誓っていた。もちろん、木造の家に。彼は木材の仕事をしていたからだ。外の花々を愛でるのにふさわしいポーチ。一階と同じ広さがある二階。裏には道具小屋を作る。いま道具類はストーブの後ろにごちゃごちゃに置いてあった。そして一階の、台所のそばの狭い部屋――「使い道なし」と呼ばれていた――の向かいにはトイレしかないが、ちゃんとしたバスルームを作る。この「使い道なし」には高いところに窓がひとつあり、片隅に流し台があった。使い道のないこの流し台はハンカチ一枚くらいなら洗うことができた。いつか、そう、新しい家を造る。そうはいっても、ノウゼンカズラの蔓に覆われたいくつもの小さな窪んだ窓は、人の考えを見透かしているかのような、抜け目のない雰囲気を醸し出していた。

イングリッドはそこに住むようになった。こうなったのは偶然の成り行きだった。彼女はこれまで季節毎に四日間だけこの家に滞在していた。六月に来たとき、甥のクリスは自分の木工所を大きくして、木彫装飾の製造もおこなう工場を作る準備をしていた。木工所から何キロか離れたところにある小さな工場の改装に取りかかっていた。原料供給者と配達業者を調べ、スタッフを雇う仕事に、時間の大半を奪われることになりそうだった。それで従来の仕事を管理できる人物を求めていた。イングリッドと最初の夫はかつて、革製品を仲介する小さな会社を経営していた。それで青天の霹靂のように、クリスから一時的な経営者になってほしいと頼まれたのだ。仕事場にも家庭にも入ってほしい、と。「三ヶ月くらいお願いしたいんだ」

「わたしが？　どうしてわたしが？」

「あなたは……分別があるから」

イングリッドがあまりにも強く首を横に振ったせいで眼鏡が吹き飛んだ。とても小さいがよく見える眼鏡なので、壊れていないことを祈った。そしてその強い勢いに、髪も揺れた。かつては紅葉した楓《かえで》のような色合いだったが、いまではおが屑のような色になっている。彼女の行きつけの美容師は楓色を縞のようにそこここに差し入れたものだった。「分別があるからですよ」クリスは繰り返し、めったに浮かべない笑みを浮かべた。「世の中のことをよく知ってるから」

年の功ってこと？　イングリッドは腹部をへこませ、少しだけ胸を突き出した。Vネックのジャージーのブラウスを着ていた。何人もの男性の心を奪ってきたものだが、前日に買ったジーンズと組み合わせると、おかしな格好になっている気がした。クリスは、そのブラウスを初めて見たとき、少しのあいだ顔を背《そむ》けていた。彼女のことを、あまりにも露骨に男を求めていると思ったのだろうか。イングリッドは七十二歳のいまでも男性に関心があった。それがクリスの気に障ったのだろうか。

「思いやりがあるからですよ」彼はそう締めくくった。「来てもらえないかな」

「まあ、なんてこと」彼女はかなりはっきりした無遠慮な呻き声を漏らした。「それは無理だと思う」

彼は落ちた眼鏡を拾い上げ、レンズに触れずにつるを畳み、親指と中指で環の形を作ってブリッジのところを摘まみ、彼女に差し出した。その瞬間、眼鏡がないとあなたの眼は表示灯のように光るね、と言われたことがあった、その輝きが放たれた。それで、クリスは警戒するようにいったん口を噤《つぐ》んだ。輪郭のくっきりした唇が落胆のあまりわずかに歪んだ。いや、歪んだのではなく、頼むという言葉を口に出さないようにこらえたのだ。ようやくクリスは彼女に眼鏡を手渡した。「でも、ことによれば?」とクリスは言った。

もちろん、無理よ、と彼女は思った。それから、無理じゃないでしょ、と思った。石の都市ではなく、石の家。もったいぶった書斎ではなく、財源不足の公共図書館。動物園の猿ではなく、芝生を跳ねる兎たち……。

「ことによれば？」彼は繰り返した。

「ことによれば」彼女は同じ言葉を返した。しかし、それは承諾の言葉だった。


ニューヨークの生活から抜け出すこと――それはエスカレーターに乗るくらいたやすいことだった。理事会のメンバーは彼女の不在に気づかないだろう。実際の決定は、掃除道具置き場で会った三、四人のメンバーで下していた。彼女はすぐに自分のアパートメントを貸し出した。友人の従妹が、ニューヨークでひとシーズン過ごしたくてうずうずしていたからだ。それでイングリッドは、労働の日《レイバー・デイ》（九月の第一月曜日）に自分でお別れパーティを開いた。

その翌朝、アレグラを見舞った。アレグラはまだ寝たきりになっていないが、もうじきそうなりそうだった。

「そんな悲しい顔をしないで、イングリッド。わたしが長いあいだ病気に苦しんできたのを、あなたは見てきた。死ぬのを助けてくれる人はたくさんいるわ」

「そのひとりになりたい」

「持ちこたえられると思う」ふたりは悲しみの抱擁を交わした。

そんなふうにして、イングリッドはすぐにクリスの家に戻った。まるで今回の滞在もほんの四日ばかりで、三ヶ月にも及ぶことなどないかのように。ニューヨークから飛行機に乗って南部の空港に到着し、止まりそうだと嘘の警告を出し続ける動く歩道に乗り、小さな飛行機に乗り換え、町から五十六キロ離れた空港へ降りてバスに乗った。バス発着場で、運転手はバスの腹部から大きな傷だらけのスーツケースを引っ張り出した。「なんて代物なのよ！」とアレグラに前に言われたことがあるスーツケースだ。

「この忠犬《ファイドー》のこと？　わたしの第二の親友よ」

リンはイングリッドを、これまでの滞在中に使っていた来客用の寝室に案内したがった。傾斜した屋根の下にある三つの寝室のひとつで、クロエが幼いときには泣き声が聞こえてきたものだが、いまはクロエの両親が愛を交わす密かな声が聞こえてくる。来客用の寝室は第二子が生まれたらその子の部屋になっただろうが、子宮摘出をしたリンは次の子を望めなくなった。その部屋には泊まりたくなかった。「わたしはもう来客じゃないわ。従業員よ」とイングリッドは言った。実際にそうだった。クリスから給料をもらう身だ。その給料は自分の娘とクロエのために用意したふたつの信託にこっそり預けるつもりでいる。「木工所の従業員で、家では家事と子どもの世話をするのよ。『使い道なし』で眠ればいいわ。ベッドと本箱と化粧台を探しましょう。中古品をね。お願い、そうして」。四人はすぐに出かけていき、必需品を買った。ほかに必要なものは？　そうね、鏡があるといいわね。クリスが自分で作ったものを設置した。売り物の鏡だったのかもしれない。彼女が去った後で売れるだろう。桜材の額に入った楕円形の鏡だった。

木工所は二車線の道路を三キロほど走ったところにあった。クリスのピックアップ・トラックに便乗してもよかったが、出発時間が朝の六時だった！　それより、彼女は森のなかを歩くのが好きだった。時間はかなりかかった。しかし時間を節約するのではなく、贅沢に使うほうが楽しいことに気づいた。大きな古木と若木が並び、蜘蛛の巣が張り、雀蜂が飛び交う長いほうの経路を選んで歩いた。道の両側に背の低い木々が生えていた。

それから方向を再び変え、第二の小径を進んでいくと、緩やかに下る丘があり、そこに小川が流れていた。流れは真珠色の石の上を勢いよく走って、やがて穏やかな流れに変わる。この自然の小さな仕業を彼女は「滝」と名付けた。小川のそばに立つ榛《はん》の木は、ブリキ缶ほどの厚さの薄葉を落としていた。小枝からは円柱状の小さな房がいくつもぶら下がり、春の到来までそれで花粉を守っていた。川の向こう岸は緑色で、小さなゴマノハグサが勇敢に背伸びしていた。この草は冬のあいだは横に拡がっているが、四月が来るとすっくと立ち上がって太陽に挨拶する。そしてイングリッドにも。オペラのシーズンが終わる四月、彼女はよくここへやってきた。近くでは、見えないところで、青虫が繭《まゆ》を作っていた。

ある日、黒い石が小径《こみち》で彼女を待っていた。それを拾い上げた。表面がなめらかなところもあれば、ざらざらのところもあり、緑の筋が幾本か走っていて、掌の上で脈を打ちそうな気がした。それをズボンの後ろのポケットに入れた。

彼女だけの「滝」から本道に戻り、まっすぐに木工所に向かった。クリスの予想どおり、彼女はたちまち仕事の内容を把握した。事務所は、広い木工所の隅に作られていて、ドアのない狭い場所だった。めったになかったが、手の空く時間には作業中の従業員を眺めた。道具箱、作業台、製作中の型などを見た。芸術的なものもあった。簡素な窓を飾る精巧な化粧縁だ。彼女は一瞬、マンハッタンの部屋のスレートの鎧戸《よろいど》のことを考えた。木工所の道具類は素晴らしかった。ドリル、彫刻刀、丸鑿《まるのみ》、さまざまな種類の鋸《のこぎり》があるようだった。厚板から薄い表皮を立ち上がらせる鉋《かんな》が彼女は大好きだった。作業場では言葉のやりとりが皆無だった。とはいえ、いちばん年嵩《としかさ》のダニーがときどき彼女の机までやってきては、養蜂の話などをした。ダニーは田舎家に独りで暮らし、野菜を栽培していた。彼が言うには、彼女が机の上に置くことにした黒っぽい緑色の石はクロム鉄鉱《クロマイト》とのことだった。ざらざらしたところはなめらかにできるという。「それをアクセサリーに変えられる銀細工師を知ってるよ。そうしたら、それをあんたの首から下げることもできる」

わたしの長い長い首からね……しかし彼女は口には出さなかった。「このままにしておきたいわ」とだけ言った。

その日の終わりに、彼女はしっかりした足取りで森を通って帰った。馴染みの黒いストーブでリンとクロエといっしょに夕食の準備をした。食事をしてから食器を洗い、それから、そうそう、テレビを見たり本を読んだりした。その家にステレオはなかった。この一家にピアノを贈りたかったが、そんなことをしても受け取ろうとはしないだろう。イングリッドは、自分のスタインウェイを彼らに与えるように遺言して、「滝」に身を投げることもできたが、そんなことをしても、岩に膝頭をぶつけるのが関の山だろう。

クリスが自分のトラックを人に貸していたりすると、夕方にはだれかの車に乗せてもらって木彫工場から木工所へ帰ってきた。そこからクリスは求婚者のように真剣に、いっしょに歩いて帰ろうとイングリッドを誘った。クリスは、彼女がまだ気づいていないものを教えてくれた。たとえば、狩りをしている蝙蝠蜘蛛。この蜘蛛は巣を作ることはせず、獲物をじっと狙い、追いかけ、不意に飛びかかる。それから、死ぬために這っていくヒキガエルのそばで、オタマジャクシが生まれ、その子孫の何匹かが水のなかをすいすいと進んでいく。クリスは低く垂れた枝を上げ、そこに一輪の小さな黒い花をつけた植物を指で示した。生まれて死ぬまで葉の裏で過ごす植物がある。その特質のために、羽根を持つほんのわずかな花粉媒介者以外、その姿を見たものはいない。この話は上等なオペラになるかもしれない、とイングリッドは思った。いいえ、オペラじゃだめね。バレエがいいわ。子どもが愉しめるバレエ。美しい衣装に身を包んだ子どもたちとおばあさんたちが『ひとりぼっちの花』を観るために並んでいる姿を思い描いた。もしニューヨークにいたら、わたしもアレグラの孫たちを連れて参加するだろう。イングリッドはしゃがんだまま、まだその花を見つめていた。かつてのようにはたやすく立ち上がれなくなっていた。クリスが手を差し出した。

夕方になると、ダニーが立ち寄ることもあった。蜂たちが巣分かれをしている、と彼女に知らせた。女王蜂がほんの数匹の運の良い雄蜂と交尾をする。正確に言えば、雄の蜂は女王の息子たちで、孫息子のときもある。自然が品位を尊重することはない。

幸福は時を引き伸ばす。毎日が一篇の長篇小説のように長く感じられた。毎晩が二本立ての映画だった。毎週が一生に等しかった。静かな一生。いつも彼女の胸の下にドア・ストップのように無理矢理押し込められている悲しみが、その効力をなくすような一生。ニューヨークに帰ったら、違う人物が少しのあいだ自分の空間を占有していたことを感じ、自分のクローゼットに違った衣類が入っていたことを感じるだろう。いま彼女はTシャツにジーンズという姿だ。石は尻ポケットのなかにふさわしい居場所を見つけた。Vネックのブラウスはスーツケースのなかにしまい込まれた。髪はもちろん伸びて、栗色の縞のようになっていた髪は――あの美容師はなんて賢いのだろう、なんて自然に見えるようにしてくれていたのだろう――いまではすっかり金色がかった灰色になっていた。茶色、薄黄色、灰色になっていた。樹の皮や、木材パルプやおが屑のなかで髪を整えた。眼鏡は、ダニーがその上に腰を下ろして歪めてしまい、直らなかった。家を失った浮浪者《バッグ・レディ》に間違えられてもおかしくない。あるいは、ビーバーに。木と水と仲間のあいだで暮らし、セルロースをご馳走とする生き物に。

十一月に、ニューヨークに数日のあいだ戻ることになった。アレグラが亡くなったのだ。

「お友だちは残念でしたね」行儀のいいクロエが言った。「すぐに向こうに戻らなくちゃ」そう付け加えた。「帰って来たらもっと面白くなるね」

「クロマイトを預かっててね」イングリッドは言った。「ときどき、撫でてやって」

みすぼらしい身なりで、彼女は葬儀に参列してからアレグラのアパートメントに向かった。だれもがイングリッドに会釈をしたが、ひとりだけ会釈しない女性がいた。その女性にイングリッドは好感を持ったことがなかった。彼女は、イングリッドを山出しのたかり屋であるかのように見つめていた。もっとも、他の友人たちは熱心に、いつニューヨークに戻ってくるの、と尋ねた。「もうすぐよ」と彼女は約束した。気に入っている画廊を訪ね、眼鏡店を訪ねた。

そして再び、大きな飛行機に乗り、言葉を話す動く歩道に乗り、小さな飛行機に乗り換え、バスに乗った。バスから降りると、クロエの小さな腕に迎えられ、リンのそれほど大きくない腕に抱き留められ、クリスの優しく大きな抱擁を受けた。車の後部座席から、リンの肩の先に家が見えた。秋の黄昏のなか、石造りの家は藤色で、オディロン・ルドンの画から借りてきたような色合いをしていた。そのことを言ったほうがいいだろうか。言わないほうがいい。森から現れた兎がにんじんを齧っていた。ダニーが落としていったものにちがいない。

ときどき大学で、四重奏団や歌手を招いて午後のコンサートが開かれた。第一ヴァイオリニストが爪先を上げてから下ろした。声の調子が整っていなかったソプラノ歌手はメゾソプラノになっていた。二流のピアニストに、クロエとリンは夢中で耳を傾けていた。イングリッドも前屈みになり、なかなか素晴らしい最後のアルペジオまで貪《むさぼ》るように聴いた。クリスが自分を見つめているのをイングリッドは感じていた。コンサートの後で、気に入っているレストランに行った。ウェイトレスは五十代で、水色の服の上に白いエプロンをかけていた。ボックス席のランプの傘全体に襞がついていた。メニューにはいつもミートローフと蟹と菜食主義者のための料理があった。コーン・ブレッドは絶品だった。四人は家族のようにそれぞれが頼んだ料理を分けながら食べた。大柄なふたりと小柄なふたりでいっしょに。

家で食事をするとき、クリスが食卓の上座から料理を取り分けた。最初にイングリッドに皿を渡した。うまく皿に載らなかったサヤエンドウを親指でさっと動かした。夕食が済み、イングリッドはクロエに読んで聴かせる本におとぎ話を選んだ。ふたりとも、空想の話が好きだった。とりわけ王家の人々が登場する話が好きだった。

「おばさまはあたしたちの女王さまね」ある夜、クロエが言った。

「キリンの女王さま？」

「そう！　パパはライオンの王さまで、ママは盗まれたり、ちょっとのあいだ眠らされたりする小さな王女さまなの」

リンは洗濯をしていたので、このやりとりを聞いていなかった。「それで、あなたはなあに？」とイングリッドは尋ねた。

「王さまがそれなしでは暮らしていけないナイチンゲール」

石はいろいろな話に登場した。自ら動けない鉱物が活発な仲間に姿を変えた。石は愛を生み出し、思い出を封じ込め、鬼を殺し、ヘンゼルが帰り道を探せるように小径で自ら列を組んだこともあった。

クリスが特別に不格好なブロケード織りのオットマンに足を載せて眼を閉じているとき、イングリッドとクロエとリンが台所で、一週間は保《も》つくらいのスープを作るような夜もあった。リンの菜園にハーブが育っていた。クロエはクロマイトで遊んでいた。イングリッドは音節をいくつか呟いた。「おまじないの文句」と彼女は言った。

「魔女なの？」とクロエが言った。

「そうじゃないの。魔女に似たおばあさんなだけ」

「魅力のある魔女よ」リンが言った。「いつもニューヨークの美しさを身につけているんですもの」

「ああ……。それはこの眼鏡のせいよ」イングリッドは急いで言った。「スープを美味しくさせる中国のことわざがあるのよ。『昼に稲を刈り、大地に汗を落とす。その器一杯の米一粒一粒が丹精して作られたことを知っているか？』というの。モット通りの祈禱師から聞いたこと」いささか大袈裟に言いすぎたかもしれない。実はフォーチュンクッキーのなかに入っていたことわざだった。中華街で彼女が知ったことは、無愛想であることが親しさであるような老人たちがいるということだった。せせこましい店が軒を連ねているところで、彼女はアレグラが自分の症状を告げている声を聞いていた。老人たちは小引き出しをいくつか開けて粉末のものをスプーンですくい、その粉を小袋に分けて入れ、それをアレグラに手渡した。アレグラはその粉末を茶に入れた。

「どんな味がするの？」とイングリッドは尋ねた。

「ひどい味。気持ちが悪くなる。化学療法みたい」

今夜のスープは、クロマイト以外には混ぜ物がなく、完璧な出来だった。イングリッドはその石を窓のところに置き、次の料理に備えた。

リンが四年生を教えて疲れ果てて帰宅すると、イングリッドはリンに来客室のベッドで横になるように命じ、体のまわりをキルトでくるんだ。とはいえ、本当に休んでほしい相手はクロエだった。ひとりっ子であることから、何のたしにもならない両親の監視から、遠ざけておいてやりたかった。イングリッドは気分転換するためにクロエと森のなかへ入っていった。

さまざまな小径を進んでいった。つい昨日のことだ、小さな池に通じる小径をふたりで歩いていった。イングリッドは柳の木の堅い芽を指さした。次の春に備えて、硬く丸まった新芽だ。「巡ってくるのね」イングリッドはいつの間にかそう言葉にしていた。「死は生命の入口ね」

「キリンの女王さまはね、死なないの」クロエが言った。

「いつかは死ぬのよ、ダーリン。ほかの人たちと同じようにね」

子どもは首を横に振った。「あたしたちといっしょよ」クロエはまるで、その言葉で不死が授かるかのようにそう言った。

そして一月になり、木彫工場が出来上がり、運営が始まり、クリスは自由に店からオフィスに戻ってこられるようになり、イングリッドもいつでも実生活に戻れるようになった。

ふたりでいっしょに家に帰る途中で、滝のそばで歩を休めて立ち止まった。「ニューヨークに戻れて嬉しいでしょうね——劇場や友だちや生地や美術館があって」

「生地?」

「服のこと。近所を歩くことがあなたは大好きだしね。そう話してくれたでしょう。パーティもあるし……」

クリスが彼女の気持ちを推測して話す言葉に、イングリッドは耳を傾けていた。

彼は言った。「以前、ニューヨークで一年間過ごしたことがあってね。木彫を勉強するために」

「覚えてるわ。あなたの叔父さんはまだ健在だった」

クリスは頷いた。「あの冴え渡った朝の空気が好きだった。ごみ収集車の音なんかが。あそこにはあなたの好きなものがもっとたくさんあるのに。もしかしたら、長くここに引き止めすぎたかもしれない」

「そんなことないわ」彼女は礼儀正しく言った。真実を伝えたが、そうは聞こえなかった。心から立ち去りたがっていると彼に思わせたかった。自分がなにを心から望んでいるか彼に決して悟られてはならない。

彼がなにを望んでいるかこちらにはわかっていることを、彼に決して悟られてはならない。彼女が彼の望みを知ったのは、魔女に似たおばあさんたちの、そしてモット通りの祈禱師たちの、思い出が込められた石たちの英知のおかげだった。クリスはイングリッドの胸や、めちゃくちゃになった髪や、最近新しい眼鏡に隠されて危険ではなくなった目を見なかった。ふたりは三十歳離れている、とクリスは考えていた。イングリッドも考えていた。そしてクリスが生まれたときからずっとふたりはたがいを知っていた。ふたりは一本の木を見つめた。その木はふたりよりはるかに長く生きていくだろう。彼は彼女がすっかり隠すことを覚えてしまった胸の谷間に鼻を埋めたかった。優しい言葉を口に出したかった。

そうはせずに、彼は口をきつく結んで、言葉が漏れ出さないようにした。「ぼくたちといっしょに暮らしてくれ」と彼は言いたかった。「ぼくのそばにいてくれ」と。求め続けるために、受け取るためではなく。それ自体が満足することだった。彼女は、彼が決して建てることのできないもう一軒の家だった。

「いっしょに暮らすことはできないわ」と彼女は言うかもしれない。「ああ、クリス。ああ、リン。わたしのクロエ、なんて素敵な響き。なんという優しい響きでしょう。四人で暮らす生活。ふたつの木工所をきりもりしていく。互いに干渉し合わずに。ダニーが訪ねてくる。蜂が新しい巣を作る。

　でも、わたしはあなたよりはるか先まで見透かせる。自分がどんどん衰弱するのを、愚痴っぽくなるのを。使い道がないのではなく、足手まといになる姿を。キリンの女王よりはるかに長生きするクロエの姿が見える。退屈を隠そうとするリンの姿が見える。求めることがなくなって悲しむあなたの姿が見える。それに、そんな辛抱強い未来の先にあるのは、楽しくないことだ。直視したくない映像、と呼んでもいいかもしれない。わたしが脳卒中になり、あなたたちは介護施設に釘付けになる。費用はわたしが払えるから、お金は必要ない。見放せないからそばにいる。あなたたちは日毎に、椅子に縛りつけられたまま、死んだ子供の名を呼ぶわたしを施設に置いておけなくなる。もしかしたらわたしは、体は丈夫な認知症のおかしな女になって、施設のなかを徘徊したり、近くにいる人の入れ歯を盗んだりする。施設からあなたのところに何度も電話がかかってくる。まるでやかましい校長先生のように。さらにはもっとひどい展開だって考えられる。臓器が悪くなる。どの臓器のどんな病気であれわたしを殺すことができずに、この家のあの部屋にいることになり、腕っ節の強い看護師たちが定期的にやってきて、四方の壁は悲鳴を上げまいとするわたしの必死の努力のせいで震える。わたしは、おまるを持って来てと叫ぶが、もう手遅れだ。もたもたする看護助手にわたしの石をぶつける。わたしたちの舗装されていない通りには、ときおり救急車がやってくる。わたしの体はまだ生きているけれど、キッチンの隣の部屋でみるみる衰えていき、不快な音を立て不快な姿になり、いやな臭いを発し、あなたはわたしと暮らそうと誘ったことを後悔し、わたしはその誘いに乗ったことを後悔する。この家はわたしたちを愚か者と呼ぶでしょう」

数日後、彼らは彼女をバス停まで車で送った。ほかの家族たちと同じように抱擁し合った。「クロマイトはファイドーのなかに入れたから」とクロエが言った。

イングリッドはしばらくその顔を見ていた。「ありがとう。向こうで使うわね。春に来るときに返すから」

イングリッドはバスに乗った。彼らは手を振りに振った。彼女は首を捻《ひね》るようにして振り返り、最初の角を曲がって彼らが視界から消えるまで見つめていた。それから彼女は思った。クロエとリンが車に乗り込んでも、まだクリスは腕を空しく上げたまま立ち尽くしているだろう、と。

従妹のジェイミー

Her Cousin Jamie

年に一度開かれる代表者会議のとき、高校教師のファーンとバーバラは必ず一回はいっしょにコーヒーを飲んだ。昨年はジンを飲むところまでいった。今年は、最後の夜に、ホテルのバーの小さなテーブルに落ち着いた。いろいろなことを話した。もちろん、教室で無礼な振る舞いが増えたこと。そして、今回の会議で始まった情事について。年に一度の浮気がいかに多くの既婚者を救っているかについて。

「救急医療のようなものよね」とバーバラが言った。

「結婚生活のガス抜きよ」ファーンは言った。

五十代のファーンは、広い皺のない額に、澄んだ灰色の瞳、よく動く唇をしていた。とても健康で、金髪は短くカールし、高価なズボンと森林色のセーターを身につけていた。苔や、樹木や、霧の色だ。実際に、彼女は美人だと思われても不思議ではなかった。賛美者はたくさんいたかもしれない。しかし、運動選手のように幅の広い肩をすくめる様子や、よく動く唇が歪む様子は、どうぞわたしのことは気にしないでください、と言っているように見えた。顔が大きく太腿が堂々としているバーバラは、人が安心して打ち明け話のできる相手だった。いいわ。人の話を聞くのは好きだもの。

とはいえ、バーバラはファーンからそういった話を聞くことはなかった。今夜の話はこれでおしまいのように思われた。ふたりは、つまり「母なる大地」と「なりそこないの美女」は、お酒を飲みながら、なごやかな沈黙のうちにこの夜を終わりにしたはずだった。もしも、ひとりの教師がそそくさとバーを横切ってエレベーターへと向かっていく姿を見なかったなら。

ファーンが身を乗り出して呼びかけた。「ジェイミー！」。しかし明らかに遅きに失した。ファーンは腰を下ろした。「残念」

「ジェイミーって、教師のなかでいちばん地味でお堅い格好をしている、あのジェイミー？」バーバラは言った。「ひっつめ髪に丸眼鏡。口紅もつけない唇。毎日、清潔な白いブラウスを着て……。たしか、あなたの親戚よね」

「従妹同士よ。わたしにとっては『永遠に懺悔する』従妹ね」

バーバラはカクテルを口にした。さらに何度も口をつけた。「懺悔するようなことをしてるの?」ようやくバーバラは尋ねた。

ファーンが言った。「まあ、わたしにはできなかったことね」。それから彼女は話した。


何十年も前のことになる、とファーンは話し始めた。

当時の浮かれ騒ぎ、覚えてる? 「あの時代」とふたりはいまでは呼んでいる。上昇志向で外の世界を目指していた女性たちと黒人たちは、よほどのことでもない限りは親しくなったりしなかった。そうね、これはそのよほどのことだった。ジェイミーは大学を出たばかりで、レフ・トンプソン・シンクタンクのアシスタントの職に就いていた。その頃、ファーンもニューヨークにいて、教育実習で、孤児だったほうがまだましに思えるような子どもたち、殴っているときにだけ子どもがいることに気づくような親を持つ子どもたちを教えていた。彼女はジェイミーと共同生活をしていた。

レフ・トンプソン。立派な人物だった。当時六十歳を過ぎていた。その六十年間にさまざまな素晴らしい活動をした。医師であり市民権運動のリーダーであり、全国組織の委員長であり、他の組織のアドバイザーだった。その当時は、講演をして全国をまわっていた。彼の声は、低音が甘く響くようなものではなかった。まったく違った。柔らかいかすれた声だった。肌はさっくり焼いたクッキーの色をしていた。レフの母親はわたしたちのように教師だったのよ、とファーンは言った。

　ジェイミーの顔はほっそりし、肩は痩せていた。でも、その青い眼は金色のきらめきを宿していた。それに、髪がみごとだった。赤褐色で、量もたっぷりあった。レフ・トンプソンはたっぷりした彼女のその髪を指で梳《す》くのが好きだった。ジェイミーはわたしになんでも話してくれたわ。彼が彼女の髪を撫でるとき、その指はまるで舌のようだったそうよ。その舌のような指を毛先まで滑らせていくと、根元まで戻ってまた滑らせていった。

　胸はぺちゃんこだった。前歯が二本出ていた。男のなかには、どういうわけかそうした欠点に夢中になるタイプがいるけど。ジェイミーとわたしはそういう一族の出なのよ、とファーンは言った。コネティカット州。昔はお金があったけど、いまはすっからかんの州よ。ともあれ、ジェイミーはおっぱいはないし、精神は貴族だったけどお金はなかったから歯科矯正をしていなかった。それが彼の気を引いたのね。彼は大衆迎合主義者《ポピュリスト》だった。ただの伝道師ではなくて、とても洗練された趣味をしていた。初めての女はね、彼が若い医師だったときに結婚した相手で、とても優雅で上品な人だった。三人生まれた子どもはふたりの自慢の種だった。二人目の妻はガボン人の外科医で、その人とのあいだには眼に入れても痛くないほど可愛い娘がいた。三人目の妻はドイツ人のプロのテニス選手だった。ジェイミーとそういう関係になったとき、まだ彼はそのテニス選手と結婚生活を続けていた。一流の人たちだった。全員がね。そう、浮気はしたよ、と彼はジェイミーに話し、ジェイミーはファーンに話した。でも、相手の数は多くなかった。ジェイミーは、三度目の結婚生活における二人目の浮気相手だった。テニス選手のシュミットは、試合で家をしょっちゅう留守にしていて、彼はその歳でひとりで過ごすのが嫌だった。

ファーンはそこで話を中断し、もう一杯飲み物を頼んだ。バーバラも頼んだ。

彼は仲間がほしかったのね、とファーンは続けた。彼はセックスしないでもよかったのかもしれない。でもジェイミーは、彼のかつての愛人たちのように彼の声や肌、言い争っているときの肩のすくめ方と間の取り方、掌を上に向ける様子や、彼の考え方に同調するまで神の永遠の時間を費やしていると言わんばかりの態度に、すっかり惚れ込んでしまった。優しそうな微笑みなんですって。部屋の隅にいてもその笑みが薄い褐色の顔に拡がるのを見ると、仰向けに横たわったままその笑みを見上げていたいって、心の底から思ったんですって。胸毛には白いものが交じっている、とジェイミーは言っていた。ふたりで舌を使うようになる前は、彼女はなかなかイカなかった。「それがなにか問題でも？」と彼は彼女の耳に囁いた。「私は辛抱強い黒人なんだ」。ねえ、そんなことが言えるような男っていないわよね。

彼のアパートメントには本や豪華な家具があって、妻たちと子どもたちの写真や、シュミットがバックハンドでボールを返している等身大の写真もあった。ジェイミーがそこに泊まることはめったになかった。もちろん泊まるのも、シュミットがツアーに出ているときだけだった。シュミットは女が好きなんだ、とレフが鷹揚な口調でジェイミーに言ったんですって。男も好きで、サーカスの団員みたいに彼にまたがって、自分の膝を耳のあたりまで上げて、両腕を上に広げるのが好きだった。「どうしてそんな真似をするんだい？私が疲れた老いぼれ馬で、きみが若い騎手だってことかい？」

そうよ。彼のためになんでもやった。でも、ジェイミーがいちばん好きだったのは、彼の下に横たわって、彼に封を開《あ》けるように開《ひら》いてもらうことだった。そして自分の膝を少しだけ上げ、彼の疲れた呻き声や、勢いよく息を吸い込んでから大きく吐き出す音を聞き、その激しく鼓動する心臓を自分の胸の上に感じることだった。唇の上でとても柔らかかった彼の唇が、頬の上をずれていって白い枕に当たった。

ジェイミーとレフは、いっしょにいろいろな式典や催し物に参加した。ジェイミーはいつも、彼が慈しんでいる体にぴたりと張り付くような赤いワンピースを着て、彼のコートをハンガーに掛け、彼のブリーフケースをしっかり持ち、式典の主宰者が水しか用意していない場合にはジンジャーエールの缶を探し回って手に入れた。「私のおべっか使い」と後になってレフは、彼女の顎の下やあそこや膝の裏を舐めながら言った。そしていつでも、どこでも彼が舐めると、彼女の内部にあるタンブラーは、錠と鍵がぴたりと合って歓喜のオーガスムを迎えるまで休みなく回転し続けた。彼がタクシーのなかで彼女の耳たぶを舐めるだけで、彼女に同じ結果をもたらした。ジェイミーがその一年後に言ったことは、自分の舌でもその効果が得られるもしれないと思い、エレベーターでひとりになったときなどに、口を開けて手首の内側を押しつけてみたけれど、わかったのは皮膚がしょっぱくて、腱がしっかりしていることだった。なんとも、まあ。ねえ。

　彼はあらゆるテーマで講演した。「汚らしいおまえ」（シェイクスピア『テンペスト』のキャリバンの台詞）と題する講演では、怪物キャリバンや自然や、一種の奴隷状態による害を防ぐ必要性について話した。「寝ているあいだも奴を観察せよ」では、累進課税より十分の一税を奨励した。彼の名声は、貧困層を黒死病の流行った中世後期の町の人々に準《なぞら》えた本で作られたものだった。でも、だいぶ後になってからは、人気のないテーマでもいろいろ話した。たとえば、救済される権利といったことなんかをね。その当時は、精神病院が収容者をどんどん通りに放り出している時期だった。神について、生きている神についても話していた。寛大な神や正義の神ではなく、オーバーコートのようにくるんでくれる神のことを。彼はテレビには出なかった。どんなに道徳的な内容の番組であろうと、テレビは社会悪の媒体だ、と言ってね。彼は手紙をくれた人に、その便箋の余白に文法の間違いを正して送り返していたのよ。それが称賛の手紙であってもね。彼の敵は、「子ども向けテレビ番組改善のための市民団体」と著名な精神科医たちだった。みんなが彼のことを善良な人だと認めていた。奥さんたちもそう言っていたわね。最初の二回の結婚が破綻したのは、妻が大義にうんざりしたからで、夫にうんざりしたからではなかった。ガボン人の医師が書いた別れの言葉によれば、「最愛のレフ、あなたの関心はいつもよそにある」せいだった。

さらにファーンは続けた。夏のある夜、彼のアパートメントで、彼の関心は確かによそにあった。その日の講演のあいだ、ジェイミーは彼の顔の皺がさらに深く刻まれていることに気づいた。声はしゃがれていた。琥珀色の眼は周りの皺のなかに埋もれているように見えた。人々は彼に多くのものを求めた。講演後のタクシーで彼女は「今夜はわたし、家に帰ったほうがいいわね？　あなた、疲れているみたいだもの」と言った。でも、彼女は本心でそう言ったわけではなかった。シュミットが間もなく帰ってくることがわかっていた。

「そのほうがいいか……」彼は口を開いた。彼の冷たくじっとりした手に包まれた彼女の指がぴくりと動いた。「いや、家に寄ってくれ」彼は態度を翻した。

彼は長いあいだ、肘掛け椅子に座りながら、何かの書類を眺め、缶入りのジンジャーエールを何缶か飲み、苦しそうにげっぷした。とても長いあいだバスルームにこもっていた。ようやく寝室に入ってきたとき、ジェイミーはうとうとしていた。彼が背を向けたので、彼女はよくある結婚生活での戦略かと思った。

ファーンがバーバラを見た。バーバラは先を促すように頷いた。

でもジェイミーは拒まれなかったのよ、とファーンは言った。ジェイミーがレフの肩先に触れて少しだけ押すようにすると、彼はゆっくりとジェイミーを振り返った。彼女の敏捷な指が彼のパジャマのボタンのあいだに滑りこみ、彼の乳首を摘まんだ。ため息をついて彼は体を彼女のほうに向けた。彼はしばらく待った。今日はしないほうがいいかもしれない、と彼女は思った……が、そのときそれが、パジャマのズボンの前部分を押し上げているのを見た。彼は膝をつくと、パジャマを着たまま彼女のなかに入ってきた。ぐいっと突いてきた。もう一度。そして彼は覆いかぶさってきた——なんとも早い！　彼女はまだなにも始まっていなかった。彼は舌を使うことをすっかり忘れていた。彼の顔がいつものように枕に当たっていて、心臓が彼女の体の上でドクンと動いた。

ただ、その鼓動はそれっきりだった。彼女は息を止めた。もしかしたら、彼も息を止めているのかもしれない。彼女は息を吐いた。彼は息を吐かなかった。

深夜零時まであと五分。

天井を見上げていた彼女は、五十代のときに彼が心臓発作を起こしたことを思い出した。父親も若死にし、叔父たちも、兄も、みんな心臓発作で死んだ、と彼は語っていた。一族の遺伝で、突然、致命的な梗塞《こうそく》が起きるのだ、と。もっとひどい死に方だってある、と彼は言った。薬をときどき服用した。彼女の心配を打ち消すように手を振って。その薬は上着にあったはず。彼女はベッドを飛び出し、薬の瓶を探し出し、彼に向かってそれを振った。無理矢理錠剤を彼の口のなかにねじ込むこともできたかもしれない。直接直腸に入れることだってできたかもしれない。心肺蘇生のリズムはどうだった？　大学のワークショップで褐色の人形相手に実践したことがあった。ほとんどなにも覚えていなかった。

零時まであと四分。

彼女は彼の体を上向きにした。「服を緩《ゆる》める」。思い出した。彼女はパジャマのズボンのボタンを外した。ペニスがだらりとなった。指を彼の首の横に押し当てた。脈がない。彼の胸を叩いた。返事はない。彼の口に口をつけて息を吹き込み、顔を上げ、また顔を寄せて息を吹き込んだ。口が悪臭を放っていた。あんなに長いあいだバスルームにこもっていたのは、歯を磨いていたのではなかったのか。でも、そのひどい臭いと味にはなにかしら希望があるように思えた。彼のバクテリアはまだ生きている。彼女はもう一度息を吹き込んだ。それから電話のところへ行き、911《ナインワンワン》に連絡した。零時まであと三分。

警察と救急車が来るまでに、彼女は赤いワンピースに着替えていた。急ぐあまり、片方の肩紐が切れたが、そのまま身につけた。彼はズボンをはいていた。ベッドに横たわり、ピンストライプ柄のズボンからは茶色の素足がのぞき、上半身にはしわくちゃになったパジャマのシャツを身につけていて、まるで憂鬱な吟遊詩人そのものだった。

救急車の人々はとても手際よく酸素吸入をさせ、蘇生術を施し、ストレッチャーに乗せた。警官たちはとても親切だった。女性がひとりいた。女性にとってなんて胸を張れる職業だろう、とジェイミーは思った。はい、わたしは彼のアシスタントです、とジェイミーは説明した。はい、今日は講演がありました。次の講演のための資料をまとめるためにここに戻ってきました。シカゴでおこなう予定になっていました。彼はどんな様子でした？　とても集中していました。シカゴでおこなう予定です……。「梗塞を起こす家系です」と彼女は打ち明けた。

警官たちが彼女を自宅へ送ってくれた。わたしはまだ起きていたのよ、とファーンは言った。翌日、可哀相な生徒たちに教える内容を準備していたときに、警官がジェイミーを送り届けてきたの。不幸な事故、と警官は言った。それで帰っていった。ジェイミーは自分のベッドに身を投げ出した。まだ赤いワンピースを着て、枕で口を塞ぐようにしていた。

「わたしは彼女を仰向けにしたの」ファーンが言った。「それからちぎれた肩紐を外してワンピースを足のほうへずらせて脱がせた。すぐにでも記者たちが現れて、赤い服を目撃して、それを緋色《スカーレット》だと言ってもおかしくなかった（緋色は娼婦の意味がある）。わたしは純白のネグリジェを彼女の頭から着せた。床に落ちた赤い服の塊はわたしのクローゼットに押し込んだわ」

でも記者たちは現れなかった。タブロイド紙の一紙は別にして、新聞のこの事件の記事にジェイミーの名が出ることはなかった。記事に溢れていたのはレフの業績だった。彼の成し遂げられなかった仕事に、専門家たちは関心を抱いていた。

葬儀所ではスタッフがまとまって参列者に応対した。ジェイミーは赤いワンピースを着ていくつもりでいたが、ファーンがそれだけはやめなさいと言った。ジェイミーは黒い服を着たが、スカート丈がとても短かった。柩《ひつぎ》のなかの彼は元気そうで、ハンサムだった、とジェイミーが後に言った。もちろん、彼に特別な別れを告げることはできなかったが、視線を服のなかにまで這わせ、気高い心臓のすぐそばで休めた。それから控えの部屋まで行き、悔やみの言葉を述べた。

身内の人々が半円状に座っていた。母親は、白鑞《しろめ》色の髪を赤茶色に染め、きつく縛ってひとつにまとめていた。「母は髪を風変わりな灰色に染めているんだ。母はね、普通の人がするようなことは絶対にしなかった」とレフが話していたことがあった。最初の妻は、人に媚びないベージュの服を着て、女王のようだった。彼女の息子たちとその妻たちや孫は、みな厳かで悲しそうだった。悲しみに打ちひしがれている、と言ってもよかった。息子のひとりはレフに生き写しだった。彼の心臓もまた早めに止まってしまうのだろうか、とジェイミーは思った。驚くほど美しい二番目の妻は、聴診器に似た銀のペンダントをつけていた。彼女の十代の娘はタリアという名だ。その子のニーソックスやくだらない小説がアパートメントのそこここにあるのをジェイミーは見ていた。シュミットはすすり泣いていた。タリアはシュミットの手を握りしめていた。もうひとり、かなり年配の女性がいた。だれ？　そう、死んだ兄の妻ね。

ジェイミーは人々の顔から顔へと素早く視線を移し、指で自分の太腿をとんとんと叩き、閉じた歯の後ろを舌で叩きながら数を数えた。十九人。十九人の壊れた心。いや、十八人だ。兄の奥さんは悲しんでいないかもしれない。十八人の人々は、愛する夫や元夫や息子や父親や祖父を失ってしまった。突然の死によって失ってしまった。彼らが大目に見ていたひとりのアシスタントのせいで亡くしてしまったのに、その小さな失敗にだれも気づいていなかった。鼻持ちならないアシスタントが彼にしがみついて、さまざまなおねだりをしてすっかり彼を疲れさせて死に追いやった。さらに、心の底からびっくり仰天し、錠剤の瓶をカスタネットのように振り動かし、その胸骨を弱々しく叩き、その口に無駄に息を吹き込み、びくともしない足にズボンをなんとかはかせて、彼の世間体を守った。あるいは彼女の世間体を。ふたりの不名誉を隠すために。

兄の奥さんがいきなり泣き始めた。

やっぱり十九人。

「ジェイミーはその後でニューヨークを去ったわ」ファーンはさらに続けた。「彼女は州立大学で教育学の修士をとって、善良だけど鈍感な数学教師と結婚し、善良だけど鈍感な息子ふたりをもうけた。ひっつめ髪にし、コンタクトレンズをやめ、一生分の白いブラウスを買ったの」

しばらくふたりは黙り込んだ。ようやくバーバラが言った。「それで、彼女は自分の部屋に入ると、髪を下ろして眼鏡を外し、すべてを思い出しては、罪の意識に浸るのね」

「そう」ファーンが言った。グラスの底に沈んだオリーブを見つめた。「ものすごく運のいい人っているのよね」

妖精パック

イギリスに古くからいるとされる伝説の妖精で、シェイクスピアの『真夏の夜の夢』にも登場する

Puck

その空洞のブロンズ像は、高さがおよそ一メートル、重さが十三キロほどあり、普通ならレニーが購入するような品物ではなかった。買ったのにはわけがあった。これは彼女が売ることができるようなものではない。骨董品を扱う仕事は思いつきだけではやっていかれない。そんなことをしたらひと月で破産してしまう。「忘れな草」というレニーのアンティークショップでは、フランス製の時計やイギリス製の銀食器、ボストンの福祉施設で一世紀前に作られた陶器などを扱っていて、その地味な皿のセットは、当時の移民の陶工が一年間に稼ぐ金額以上の富をもたらした。「忘れな草」は、イギリスの摂政時代の茶器やヴィクトリア朝の宝飾、さらには一九四〇年代の帽子ピンなどを売っている店として知られ、そういった品物を買っていくのは、コレクターや殺人者（だれにわかる？）だった。

レニーのほうは、思慮深さと自制心のある女性として知られていた。彼女は、ある種の客が私立探偵や離婚専門の弁護士に連絡を取るために店の電話を使うことを大目に見ていた。携帯電話では追跡できるので、客たちは不安そうに秘密を打ち明け、使ってもいいか、と尋ねた。老齢の女性たちは高価な塩の容器を持ってやってきた。暮らしのために、大事な銀器を手放さなければならなくなったからだ。男たちは妻ではない女のためにペンダントを買った。上品な婦人が、刑務所に入った息子を思ってすすり泣いた。レニーはそうした事柄を外交上の秘密のように胸のなかにしまった。この慎重さが年を経るにつれて思慮深さとなった。レニーは客のだれに対しても、他の客の話はなにひとつしなかった。それが、極めて重要なふたつの決まりのひとつだった。

もうひとつの決まりも、口を噤《つぐ》むこととかかわりがあった。人に忠告はしない、というものだ。「忠告は精神科医と美容師の仕事よ」とレニーは言った。「わたしは古い時代の品物を扱うだけだから」

その像は「驚異の陳列室」にこそあるべきものだった。丸々と太った半裸の少年像で——無花果《いちじく》の葉っぱで、その像が男だとわかった——小さな上着を羽織り、巻毛の上にシルクハットを載せていた。片手に槍を持ち、もう一方の手で鏡を高く掲げていた。丸顔で愉快そうだった。

オフィリア・ヴォーゲルサングがこの像を抱えておぼつかない足取りで店に入ってきたのは三ヶ月前のことだ。「ヘンリー伯父さんのアパートメントにあったものよ」とオフィリアは言った。まるで「ヴァンダービルト・コレクションにあったもの」とでも言うかのように。それを床に置くと、オフィリアは縞柄のふたり掛けのソファに腰を沈めた。

オフィリアも丸っこい体で小柄だった。たっぷりした髪──大半はベージュ色だが、錆《さび》色《いろ》と白鑞《しろめ》と褪《あ》せた金色に染めていた──を渦巻き状に束ねていた。その髪型はニューヨークのグリニッジ・ヴィレッジで自由な精神を謳歌していたときに覚えたのだろう。当時二十代で、いわばヘンリー伯父さんの薫陶を受けていた。いま彼女は七十五歳で、ここマサチューセッツ州ゴドルフィンで最愛の夫ルーと暮らして半世紀が経った。そのルーは半年前に他界した。

その像を持ち込んできた日、オフィリアは自分なりに考えた寡婦らしき喪服を身につけていた。黒いスニーカー、黒いスカート、首元が大きく開いた黒いブラウス、小さなビーズで作られた長いイヤリングという格好だ。彼女は身を屈めて像の巻毛に触れた。「パックよ」レニーの顔を見ながら彼女は言った。「五十年もヘンリー伯父さんの応接間を守っていた。『応接間』という言葉は正しくないわね」まっすぐに座り直すとイヤリングが揺れた。「あそこには絨毯が敷き詰められてて、クッションなどに縁飾り《フリンジ》がついていた。そうよ！　見えるところに椅子や家具がひとつもなかった。いちゃつくための部屋だったわけ」彼女は流行遅れの非常に目立つ髪型のなかに指を突き入れ、皺の寄った愛らしい顔のそばに垂れていた生姜色の幾筋もの髪を押しやった。「パックは恋人とわたしを見つめてた」彼女は思い出を語りながら笑わなかった。小器用な人なら笑ったかもしれない。だが彼女はまったく笑わなかった。それでも、彼女の言いたいことは伝わった。

「この像はね、アーチ状の入口の台座の上に載ってたの」オフィリアは続けた。「床に並べた枕のところから、よく見えたわ」

レニーが「忘れな草」を開いてから二十五年になる。いまではなにを聞いても動揺することはない。もっとも二十五年前に、オフィリアがヘンリー伯父さんの応接間の床で浮気をしていたということを聞いたとしても、レニーの眉はぴくりとも動かなかっただろう。動揺はしないが、驚いてはいた。このささやかな告白には熱く滾《たぎ》り立つものがあった。ふたりの女のあいだの空間に、感情の香油が撒き散らされたようだった。

「その像を売るつもり？」レニーは恋愛話に気持ちが高揚して言った。

「ええ」

「じゃあ、わたしが買い取るわ」レニーは知らず知らずのうちにそう言っていた。

「嬉しい」オフィリアが言った。「ルーの最後の願いを聞き入れたかったの。そのいまいましいパックをどこかにやってくれ、というのがそのひとつだったわけ」

ということは、ヘンリー伯父さんの応接間の床でオフィリアと愛を交わした相手はルーではないのだ。でも、半世紀のあいだオフィリアを幸せにしていたのは、紛れもなくルーだった。小柄で優秀な大学教師のルーだった。それに、灰色の複数の長方形が別の灰色の複数の長方形に重なっている現代絵画を集めていたのはルーだった。「パックはうちの居間には場違いだった」オフィリアは言った。「でも、伯父さんが遺してくれたものだから。ほかにどうしようもなかったの。ルーの願いは伯父さんの遺したこれを追い払うことだった。だから、ちょくちょくここに寄るわね。その子に会いに。もちろん、あなたがその子を売るまでのことよ」

レニーは、この衝動的に買った代物をさばききれないうちにわたしは死ぬだろう、と思った。そうは思っても、パックを店のウィンドウに飾った。パックは槍を振りかざし、鏡を持ち上げたまま数週間ほどそこに立っていた。通りすがりの子どもたちはパックを指さして笑った。犬たちも笑っているように見えた。レニーはパックを店内に動かし、精巧に作られた中国の壺の横に置いた。それはちぐはぐな組み合わせだった。結局、パックを金庫の上に置いた。そうすれば、「忘れな草」に入ってきた客はいつもの展示物を見る。つまり、腰の高さの宝石ケースに向かい合っている縞模様のソファ、宝石ケースのなかのきらめく宝飾品、そのケースの後ろにはどこまでも冷静なレニー、そしてレニーの後ろの背の高い金庫。そこに新しい品物。金庫の上ではしゃいでいるもの。ふっくらした少年のブロンズ像。


ある月曜日、白い髭を蓄えた男が入ってきた。その男は長身でどことなくぎこちなかったが、スーツは高級なものだった。眼の周りの日に焼けた肌には細かな皺が寄っていて、その眼を引き立てているようだった。

「こんにちは」とその男は言った。「デヴリン・ホテルに滞在しているんですよ――そこでこちらの店を勧められましてね」

「こんにちは」レニーは応じた。

彼の青い眼が準備運動するかのようにあたりをざっと見わたした。すぐにパックのところで視線がわずかに止まった。「いいものですね」

「もっと近くでご覧になりますか」

「いいえ、おかまいなく」それから彼は穏やかな様子で店内を歩き、あれこれを見ていた。ようやく彼は千花《ちはな》ガラスのペーパーウェイトを手に取った。妹に、と彼は言った。現金で払った。財布はかすかに膨らんでいた。そしてそのガラス製のウェイトを上着のポケットのなかに落とした。「とても趣味のいいお店ですね」彼は、他の人々と同じようにそう言った。「今週、仕事でこの町に滞在していましてね。また寄らせてもらいます」


男は火曜日には来なかった。少なくとも、レニーは彼が来るとは思っていなかった。店はとりわけ忙しく、人々は無言のままひっきりなしに出入りしていた。画家のキャシー・ローヴェルが入ってきた。スニーカー、ジーンズ、スモックという格好で、髪には絵具が散った跡がくっきりとつき、アトリエを出る前に飾り立ててきたかのようだった。いつものように、彼女はアールヌーボーの宝飾をすべて身につけて試そうとした。ラリックのブローチを買った。修理屋のユリが古いラジオを求めてやってきた。彼はラジオの中身を分解するのが好きだった。背が高く、禿頭《とくとう》に染みのあるミスター・ブラウンがやってきてブレスレットを二個買った。高価なほうは美しい恋人のために、同じようなデザインで安価なほうはそれほど好きではない恋人のために。レニーは、そのふたりの恋人は存在していないのではないか、と疑っていた。罪のない嘘をつく客は多い。ミスター・ブラウンは宝飾品をたびたび購入してなにをしているのだろう、とレニーは思った。もしかしたら、損を承知でディーラーに売っているのかもしれない。それから山本夫妻が来た……オフィリアが入ってきた。

オフィリアの喪の期間がようやく終わった。赤いチェックのスカートとオレンジ色の水玉柄のブラウスを着て、お決まりの長いイヤリングをつけていた。オフィリアが身につけている寄せ集めは、模倣する価値があるように見えた。つまり女性はだれもが外出し、近くにある大型ごみ容れから拾い出してきたもので飾り立てればいい。彼女がふたり掛けソファに座ったので、レニーは山本夫妻の相手をしながら、自分がいくぶん活気づくのを感じた。

「こんにちは、レニー」オフィリアは山本夫妻が出ていくと言った。そして視線をレニーの頭上に移し、「こんにちは、パック」と言った。ソファの横のテーブルに置いてあるペーパーウェイトを手に取った。それは白髭の男が買わなかったペーパーウェイトだった。「彼は妖精の王さまなのよ」

「ヘンリー伯父さんが?」

「まさか。伯父さんは、実はゲイだったの。ゲイと呼ばれる前のゲイは、上流階級ではごく普通に受け入れられていた。でもね、伯父さんは上流階級が嫌いだったの。心の優しい保護者だった。伯父さんはルーが好きだったのよ。わたしの結婚式のとき、わたしを新郎に引き渡す役をしてくれた」涙が彼女の頬を伝い落ちた。「伯父さんは別の人も好きだった。わたしがあの応接間で枕を交わした相手をね」

それはいったい、だれ? でもレニーは尋ねなかった。決して尋ねてはならないのだ。ただ宝石ケースの後ろの背の高いスツールに座って、眉を上げ、口角を上げ、赤毛を団子にまとめ、トレードマークのジャケットで肩を張り(さまざまな色のジャケットを何十着と持っていた)、襟元に豪華なブローチを付けているだけだ。レニーにはセラピストの柔和さもなければ、聖職者の寛大さも、旧家の友人の蓄積された知恵もなかった。しかし、無表情で、落ち着いた振る舞いをする彼女に、人々は身の上話をした。彼女は頷くだけで、決して意見を言わず、助言もせず、重要なふたつの決まりを破ることはなかった。それで人々は気持ちよく店を後にできた。

「どういう人だったか？」オフィリアが言った。レニーが口にしなかった質問を言葉にしていた。「そうね、生気に満ちたあなたのようなタイプじゃなかった。神秘的で、無口だった。地質学に夢中だった。地質学で修士号を取ろうとしていた。それから、西のほうへ行こうとしてたわね。コロラド州の砂漠のあたりに。ニューヨークからはとても遠いところ。ルーとはね、その後で知り合ったわけ。彼はヘンリー伯父さんの世界の人だったのよ。面白くて、不遜で」彼女は少し黙った。「育ちのいい人だった」とオフィリアは言った。彼女が言っているのが別の相手のことだとレニーにはわかっていた。

オフィリアはため息をつくと、背もたれに身を委ねた。間もなく彼女は、ぼろを着た不幸な老女になった。それから落ち着きを取り戻し、パックをじっと見つめた。「さっきも言ったけど、パックは妖精の王さまだったのよ。人々の眼に媚薬をかけるの。それで不釣り合いな縁組みをもたらす。いたずらな妖精。もう行かなくちゃ。今日は孫息子のバレエ・リサイタルなの」

白髭の男は水曜日にまたやってきた。今回は銀製品に興味を示した。義理の娘が薬容《くすりい》れを集めている、と言った。「そうやって、病魔をかわしているんですよ」男はレニーのコレクションのなかでいちばん高価なものには関心がなかったが、いちばん上等な品物に惹きつけられた。楕円形のガラスの内側に小さな女の羊飼いの絵がある、彫刻装飾をほどこされたジョージ王朝時代のものだった。小さな引き蓋を開けると、隠された空間が現れる。「ここになにを容れたんでしょうね」と男が尋ねた。

「媚薬です」

「まさか。媚薬とはね。それは彼の仕事でしょう」そう言って男は顔を上げてパックと見つめ合った。「この不思議な薬容れをいただきます」再び、男は現金で、しかも百ドル札を束で払った。

レニーは男が帰っていく姿を見た。暇なときには、帰っていく客のひとりひとりの姿を観察していた。男は長い茶色のトレンチコートを着ていた。髭と同じくらい白い頭髪がコートの襟をかすめていた。ペーパーウェイトや薬容れといった室内用のものを好んでいたが、野外活動が好きらしく、大股で歩いていった。買ったプレゼントは妹や義理の娘にあげるためのもので、妻へのものではなかった。もちろん、妻のために町の中心部でミンクのコートを買った可能性もある。しかし、レニーにはそうは思えなかった。

「赤ちゃんへのプレゼント」オフィリアは木曜日にやってきて、息を切らせながら言った。「特別な赤ちゃんなの。うちの隣の家に孫娘が生まれたのよ。千八百グラムくらいですって。わたしたちの頃はそんな体重じゃあ育たなかったわよね。いまではちゃんと育って三塁守ったり、トランペット吹いたりしてる。銀のマグカップはある?」

　レニーのところには銀製のマグカップがあった。展示ケースの薬容れがあったまさにその場所にカップは置かれていた。それで思い出したのだ。「パックをとても気に入った人がいてね」とわざわざ言った。それからすぐに、「この小さなスプーンはいかが」と急いで言った。そしてふたりは額《ひたい》を寄せ合うようにして、非常に美しくて実用的ではない道具を見つめた。

「ふたつともいただくわ」オフィリアが言った。そして小切手を書き、買い物の品を持って戸口へと向かい、パックに小さな挨拶を送った。「鏡を持っているあの腕にね」オフィリアが言った。「いつもわたしの服を掛けてた。彼は槍のほうに自分の服をかけてた」彼女は入口のドアのところにたどり着いていたが、出ていかなかった。『アドレイに夢中《マッドリー》』（アドレイ・スティーブンソンの選挙用キャンペーンの合い言葉）って書かれたキャンペーン用ボタンでわたしはネックレスを作ったの。彼は『アイクが好き《アイ・ライク・アイク》（アイゼンハワーのキャンペーンの合い言葉）』という帽子のリボンを身につけていた。

一九五六年よ」

熾烈な闘いを繰り広げた選挙だった。スティーブンソンとアイゼンハワーの大統領選。その頃、レニーは蚤の市で、「スティーブンソンを大統領に」というメッセージが書かれたエナメル製のシガレット・ケースを見つけた。それをコレクターに売った。いまそのシガレット・ケースは大学図書館に収められている。

「政治……政治のせいでわたしたちは別れたの」オフィリアが言った。客がふたり、彼女をよけるようにして入ってきた。

「なるほど」とレニーは言った。

そのときにはもうオフィリアはいなくなっていて、客のひとりがおかしな形をしたトルコ製のランプを見せてくれと声をかけてきた。他所《よそ》の不要品セールで手に入れたものだった。「使えるかしら?」

「試したことがないんですよ」レニーは本当のことを言った。

恐ろしいほど汚い姿の老女がダイアモンドとエメラルドが嵌《は》まった指輪を買った。郵便為替で払った。ピアノ調律師のロドリゲスさんがその巨体をふたり掛けソファに押し込み、自分の息子のことでくだくだと愚痴をこぼした。息子はハーヴァード大学に行かずに整備工になりたがっているという。ロドリゲスさんは最初、親の視点からそれについて述べ、次に別の視点から述べて、ついには自分に言い聞かせるように、息子を整備工場の見習いとして一年間やらせてみて、それでうまくいくかどうか様子を見ることにする、と言った。「助言をありがとう」とロドリゲスさんはレニーに言ったが、彼女は一言も喋っていなかった。キャシー・ローヴェルがラリックのブローチを返しにやってきた。

「この町での仕事が終わりました」白髭の男は金曜日にやってきた。「技術コンサルタントをしているんです」そしてこう言った。「あのパックをいただきましょう」

レニーは驚きを顔に出さなかった。「配達するように手配しましょうか」と訊いた。

「いいえ。自分でデヴリン・ホテルへ連れていきますよ」と彼は言った。「明日はキャスター付きの機内持ち込み用トランクに入れていきます。ちょうど上の荷物入れにぴたりと入るかもしれない。あるいは座席を追加で買ってもいいんです」彼は心ここにあらずという口調でそう言った。「おいくらです?」そう尋ねるのを忘れなかった。

レニーは購入した値段よりかなり高い金額を伝えた。人は普通、工芸品を値切る交渉をするのが好きだ。しかし彼は黙って小切手帳を取り出した。レニーはその小切手帳を見た。コロラド州デンヴァーの銀行名があった。それから金庫のそばの小さな踏み台に載り、パックを下ろした。パックはふたりのあいだにあるガラスケースの上に載せられた。

「いいですね」男はようやくそう言うと、長い左腕で像を抱え、右手で想像上の帽子をちょっとあげる仕草をして店を出ていった。

一時間後、オフィリアがやってきたとき、レニーはスツールに座ってカウンターに肘を突き、虚空をぼうっと見ていた。ガラスの天板に小切手が一枚置いてあった。「レニー、大丈夫?」

「ええ」

「あらら、パックはどこに?」

「パックを褒めていた男が買っていったわ」

オフィリアはため息をついた。「損しちゃった」

「実は、かなり儲かったの」

「わたしのことを言ったのよ。あの像に会いたいわ。どうか新しい家で――」

レニーは夢中で息を吸い込み、重要な決まりのひとつを破った。「その男の人はね、コロラドから来ているの。デヴリン・ホテルに滞在している。背が高いわ。七十代よ。育ちのいい人よ」

「あら、え？　ええっ！」オフィリアは両肘をガラスのケースの上に置いた。向かい合ったままのふたりのあいだに、一枚の小切手が置かれていた。

「眼はサファイアみたいだった？」オフィリアが尋ねた。

「そうね、青かった」

「髪は小麦色？」

「真っ白」

「政治はもうそれほど重要じゃないかもしれない」オフィリアが言った。

レニーはなにも言わなかった。

「ルーがいなくなってまだ一年も経っていないけど」彼女は小声で言った。

レニーはなにも言わなかった。

「でも、わたし、もう若くない」

なにも言わなかった。

オフィリアは二本の指で優しく小切手に触れ、署名が見えるところまでめくった。

「『ジョン・イップ……』。わたしには読めないわ、レニー」

「イッポリートよ。運転免許証を見せてくれた」

「わたしの心臓が喜んでる——あの人の名はホレース・キャノンといったの」オフィリアは小切手を九十度ほど回したので、ふたりでその名前が読めた。「ジョン・イッポリートがホレース・キャノンに成り代われるもの？」

「そうは思わないわね」

オフィリアは小切手から、そしてレニーから身を遠ざけた。レニーは決まりのひとつを破ったのだが、成果はゼロだった。オフィリアはソファに腰を下ろした。「ホレース」オフィリアはじっくりと考えていた。「彼のことを、彼とパックのことを考えると心臓がどきどきしてくるの。デヴリン・ホテルに駆けていってしまいそうになった。そして彼の部屋へ駆け込んで……その胸に飛び込んでいくの。『わたしよ、オフィリアよ！』と言って」

「そのときのイッポリートさんはきっと魅力的に違いないわ」レニーは言った。

オフィリアは責め立てるような声で言った。「あなたがわたしのなかの欲望に火を付けてしまって——」

「わたしはものすごいお喋りだから」

「簡単には消せやしないのよ」

レニーのふたつ目の重要な決まりが床に転がり落ちて粉々になった。「彼を追いかけて手に入れなさい」勢いよくレニーは言った。「インターネットを始めるの。彼の大学の交友会事務所に電話をするのよ」彼女の口から助言が立て続けにこぼれ出た。

オフィリアの髪が幾筋か、緩んだピンからこぼれ落ちていた。イヤリングが揺れた。ブラウスはウェストバンドから外にはみ出していた。レニーの厳しい眼には、オフィリアのこれまでの姿、これまで彼女を形作っていたものすべてが、逆の順番で次々に出現した。色彩豊かな派手なおばあさん、長い幸せな結婚生活を送ってきた夫人、初恋を知った娘。「私立探偵を雇いなさい」レニーはさらに畳みかけた。そしてオフィリアに背を向けて小さな踏み台に載り、パックのいた場所に、昨日買ったばかりの青いガラスの飾り皿を置いた。ごつごつしたみっともない品だ。でも、閉店時間が来る前に先を争うようにして買われていくかもしれない。

打算

Conveniences

アマンダ・ジェンキンズは「結婚生活《カニユービス》」という自分の論文で少しばかり面倒なことになっていた。

「『大麻《カナビス》』のことじゃないの」彼女は、階下に住むフリーダに説明した。「大麻について書いた論文を読むような人がいるって本気で思ってる？　若いんだね」

「わたし、あなたの年齢に近い」とフリーダが言った。彼女は十五歳で、アマンダは二十歳だった。「カニユービスってなに？」

アマンダは躊躇《ためら》った。ベン・スチュワートは寝室にいて、ふたりの話を聞いていたが、しばらくのあいだ、食器類が積み重ねられる音しか届いてこなかった。ベンとアマンダは、食器洗いは彼女の担当で洗濯は彼の担当ということで合意していた。いま、午後の五時半に、アマンダと年下の友人は、昨晩使って一日中シンクのなかでいやなにおいを放っていた皿を洗っているところだ。

「カニュービスってのはね」アマンダは言った。「新しい言葉で、結婚している状態のこと。というか、結婚してるような関係のこと」

「あなたとベンみたいな」フリーダが言った。

「まあそうね」

ベンは、どうして彼女はああも慎重な物言いをするのだろう、と思った。ふたりは確かに結婚しているような生活をしている。最近ではよくあることだ。普通ではないのはふたりの年齢差だけかもしれないが、それにしたってたかだか十歳離れているだけで……。

「ほんとのこと言うと」アマンダが言っている。「わたしはベンの恋人じゃなくて、娘」

「そういうの、やめて」フリーダがため息をついた。

「じゃなくて姪なんだ」アマンダはあっさりと訂正した。「義理の関係」さらにアマンダは新しい繋がりをこしらえた。「ベンはわたしの叔母と結婚してたんだけど、彼がわたしに恋しちゃってとんでもない状況になって。それでわたしたち、駆け落ちしたってわけ。いまは見つかるんじゃないかってびくびくしながら暮らしてる。ある日、涙にくれた白髪の大女——ベンの奥さんかつわたしの叔母って、かなり年上なの——がやって来たら、こう言ったげて……」アマンダはそこで言葉を途切れさせた。フリーダは待った。ベンも続きを待った。

「なんて言えばいいわけ？」フリーダが痺れを切らして先を促した。

「変な妄想を押しつけるのはやめて、って」アマンダは勝ち誇ったように言った。

「アマンダ！」ベンが大きな声で呼んだ。

アマンダは寝室の入り口のところに現れた。カールした髪に頬が燃えている。Tシャツにはオトゥール（映画監督の意）という文字があった。

「可哀相なフリーダにくだらないことを言うのはやめてくれ」とベンは言った。「なんて思われるかわかりゃしない」

アマンダはベッドの彼のところに行き、自分の場所に横たわり、肘をついた。「あの子はくだらないことは真に受けないし、すでに思っていることを思うだけ。わたしたちが自由な考え方の持ち主だって思ってる」

「へえ。きみとぼくってそうなのか？」

「さあ。じゃあ、わたしたちってなんなの？　ベン」

ベンはその質問について考えた。彼自身は黒髪で体格はがっしりし、ブルックリン出身で、他人に敬意を払うタイプだ。とりわけアマンダには敬意を払っている。彼女のメイン州の一家に対しても敬意を示している。何年か前に、ベンはアマンダの姉を愛したことがあり、ほどなくその女性と結婚した。現在、彼はアマンダを軽い気持ちで愛している。軽はずみなアマンダ——彼女はどういう人間だろう。少なくとも文学を学ぶ優秀な学生ではある。自分が教えている大学の学生もこのくらい賢いといいのだが、と彼は思っている。

「ぼくは体制順応者《コンフォーミスト》だよ」そう言いながらベンは、その言葉を彼女の胸の上に指で描いた。彼女はおかしそうに笑った。彼はオトゥールの文字のところに顔を埋《うず》め、それから顎を彼女のカールした髪に埋めると、アマンダにそっくりな少女が入り口に立っているのに気づいた。フリーダのTシャツには「ゴドルフィン・ハイ、82年度クラス」とあった。

「フリーダ、きみはゴドルフィンで暮らしていないのに」とベンはアマンダの頭越しに声をかけた。

「従兄のなの」フリーダはいつものように頬を赤らめて言った。

ゴドルフィンはボストンの端のほうにある町で、ニューヨークで働くベンと、ペンシルヴェニア州の大学に通うアマンダが、ひと夏を過ごすために選んだ場所だった。ふたりは三階建ての最上階にあるこざっぱりしたアパートメントを又貸ししてもらった。一階には老齢の夫婦が、二階にはフリーダの叔母レニーが住んでいた。レニーは若い離婚経験者で、その息子はキャンプに行っていた。この叔母は、昼も夜も自分のアンティークショップをきりもりしていた。フリーダ自身はマンハッタンの子どもだった。両親はふたりとも美術史家で、夏はイタリアで過ごす。フリーダはフィレンツェのイ・タッティ（ハーヴァード大学のイタリア・ルネッサンス研究センター）よりゴドルフィンを選んだ。

「きみの従兄はぼくのじゃないと言うんじゃないかな」ベンは重々しい口調でフリーダに言った。

アマンダはベッドから出て立ち上がった。「キッチンにいらっしゃいよ、ベン」アマンダは明るい声で言った。「昼間ずっと寝ているつもり？」

ベンはベッドから出た。「すぐにそっちに行く」

彼はバスルームを使い、それから食堂で立ち止まった。ベンとアマンダは習慣として、キッチンの丸テーブルで食事をとり、食堂のどっしりした楢材のテーブルは仕事用に使っていた。そのテーブルの両端に置かれたふたりのタイプライターは、まるで戦闘員のようだ。それぞれのタイプライターは書類や本に囲まれているが、ベンのところは美しく整い、アマンダのところは乱雑を極めていた。この時間に仕事をするつもりはないが、自分のタイプライターの前に座って苦しげに呻いた。

フリーダは出入り口の枠が好きだった。いまキッチンと食堂のあいだに寄りかかって立っていた。「どんなことを書いてるの?」

「ホーソンについて」彼は答えた。「彼の最初の小説」さらに踏み込んで言った。「『ファンショー』というタイトルでね」そう締めくくった。（学者風の禁欲主義者の主人公ファンショーは、好意を寄せているエレンを誘拐から救出するが、彼女の結婚の申し込みを拒絶して学問に没頭する）

彼女はしばらく間を置いてから言った。「そうなんだ。ホーソンは一冊も読んだことがないなあ」

「すぐに読んだほうがいい」

「『ファンショー』はゴシック小説のふりをした作品なの」アマンダがキッチンから声をかけた。「でも、設定は素晴らしい。おかしな男女が登場してね。ホーソンは悪くない作家だと思う」

「ホーソンは素晴らしい作家だよ」ベンは小声で言った。

「その『ファンショー』についてなにを書くの?」フリーダが尋ねた。

「話せたらいいんだけどね」ベンは言った。実はそれが自分にわかっていたらいいのに、と思っていた。「でも、寡黙さは学者にとって必須なものでね。発想というのは、精神の暗い沈黙のなかで育まれなければ、論文という明るい光のなかで生きられないんだ。ぼくの発想がきみの精査に耐えられるようになったら、公表するよ」彼は、こうしたことを言い始めると、止まらなくなるときがあった。ようやくアマンダが、食事にしましょう、と彼を呼んだ。

「今夜はここにいたら？　フリーダ」アマンダは美しい笑みを浮かべた。「あなたの叔母さまは今夜、お店でしょう」

フリーダには同じことを繰り返し言う必要がなかった。

キッチンの壁から吊り下がっている植物は、一週間前はとてもよい状態だった。額に入れて壁に飾られているレース編みの作品は、ミセス・カニンガムが作ったものだ。その人物から、フリーダの叔母の口利きでベンとアマンダはこのアパートメントを借りることができた。カニンガム夫妻はふたりとも小学校の教師で、この夏をアイオワで過ごしていた。

「カニンガムさんたちってどんな方？」アマンダがツナ・サラダを取り分けながら尋ねた。

「わたしがここに来てから一週間後にふたりは出発してしまったの」フリーダが慎重に

言った。

「どんな印象だった？」

フリーダは咳払いをした。「清潔で、きちんとしていて、伝統を重んじる人たち」

「居間にある陶器の猫を見ればわかる」ベンが同意した。彼は人参を皿に取った。「人参の皮を剝いてくれなかったの？　アマンダ。ぼくが食事を作るときには必ず皮を剝いているのに」

「忘れちゃった」

「ぼくは忘れたことなんかない」

「でも、トイレの水を流すのはよく忘れるでしょ」愛らしい口調でアマンダは言った。

ベンはフリーダに向かって言った。「ぼくは確信してるんだけど、カニンガム夫妻は決して口げんかなんかしない――」

「さあ、どうかな」

「――と思うよ。奥さんのレース編みや、旦那さんの『タイム』誌をめぐってはね。それが成熟した大人ってもんだよ。ふたつの精神が結婚するってそういうものだ。苺を買ってくればよかったね、アマンダ」

「ピクルスをどうぞ」アマンダが言った。「成熟って、ちょうど夕べわたしが明らかにしようとしていたこと。成熟というのは結婚生活ではまったく必要じゃないのよ、ベン。恋愛関係にこそ必要でしょ。結婚は、お世辞を言い合って満足するようなものじゃないしね。あなたはさっきそれを褒めようとしてたけど。嫌味な、嫌味な……」

「ほのめかし？」

「ほのめかしを使って。それがわたしの論文の核になるもので、『カニュービス』というのは——」

「精査に耐えられるもの？」フリーダが訊いた。「明るい昼間の光のなかで生きられるもの？」

「もちろん、結婚する理由についての世間一般の考え方って時代遅れになってる。ほとんどの世間の考えは時代遅れよ。人はもう、身の安全のために結婚なんかしない。安全を保障するのは福祉国家の役割だから」

「でも、わたしたちは資本主義のなかで生きてる」フリーダが言った。

「あなたのブリアリー学校（マンハッタンの名門私立女子校でアメリカで二位の私立校に選ばれたこともある）ではそうかもしれない。でもね、ほかの場所では福祉に支えられてるの。そういう体制にね。なんのことだったっけ？　そうそう、身の安全ね。身の安全なんて時代遅れ。社会的な地位のために結婚するわけでもない。だって、いまはもう結婚したってそんなものは手に入らないでしょ。性的満足を得るためにするわけでもない。だって、セックスなんていつでも手に入れられるものだし――」

「そいつは知らなかったな」ベンはアマンダを見つめながら言った。

「独身でも結婚していても同じくらいたやすくね」彼女は穏やかな口調で言った。

「じゃあ、どうしてみんな結婚なんかするわけ?」フリーダが訊いた。

アマンダはその質問について考えた。一方ベンは、ホーソンの結婚生活における満足について考えていた。

ようやくアマンダが答えた。「結婚するには大きくふたつの理由がある。経済的理由と家名継承の理由よ」

「経済的理由?」フリーダが言った。「さっき、わたしたちの身はもう安全だって言ったでしょ」

「安全だからって暮らし向きがよくなるわけじゃない」

「家名継承って?」ベンが言った。

アマンダはきらめく瞳で彼のほうを向いた。「考えてみて！　子どもを育てるのに情熱なんていらないでしょ。気が合う必要だってない」

「男と女である必要はあるだろ？」ベンが言った。

彼女はうるさそうに手で払った。「そりゃあそうよ。組み合わせとして、男女でないとね。その男女が自分たちや子孫のために望むものは、どちらかの家から提供されるのが望ましいの。たとえばわたしの一家に世間的な影響力があるとしたら、あなたの一家はお金持ちであったほうがいい。わたしが世慣れた人間であるなら、あなたは人の感情を理解できる人であってほしい――」

「人の感情を理解できる、とはね」ベンは言った。

「――と思ってる。わたしたちがお互いを選んだのは、個人的な欲求からではなくてむしろ将来の家族のことを考えてのこと。わたしたちが納得できる関係がどこかにあるはずよ」

……打算的な結婚。そうよ、一語《ワード》で言えばそれ」

「語句《フレーズ》で言えば、だよ」ベンが言葉を訂正した。「昔の打算的な結婚《マリアージュ・ドゥ・コンヴナンス》は、愛情とはなんの関係もなかったんだ」

「語だろうが語句だろうが同じよ」アマンダが言った。

ベンは可愛らしい愛人の顔を長いあいだ見つめた。こんな陳腐な言葉を彼女は信じているのだろうか。彼女とその助手は、女性問題をネタにして遊んでいるのだろうか。彼はアマンダと結婚するつもりはなかった。彼女のことを自慢に思い、彼女との付き合いを楽しんでいるが、生涯を共にする伴侶ではないと密かに思っていた。

彼女のほうは、現世の喜びを味わわせてくれる案内人として彼を雇っているようなものだと傲慢にも考えていた。ふたりは夏が終わればよい友だちになって、それ以外のなにものでもなくなるだろう。大学を卒業したら、冒険に満ちた仕事へと乗り出していくつもりでいる。宮殿にも汚濁のなかにも住むことになるだろう。

「『人生は大理石と泥で出来ている』」ベンは優しい声で言葉を引用した。

「ホーソン？」

「ホーソンだ」

「ホーソンは正しかったのね」

彼女にはフリーダのように青臭いところがあった。いまベンはテーブルの向こう側にいるふたつの愛らしい顔を見つめた。フリーダの顔はふわふわの髪の下でまだぼんやりし、アマンダの顔は紅潮している。アマンダのよく動く目から、自分の新しい論文が真実を明らかにすると思っていることがわかる。その暴かれた真実を他人に明かすまで休もうとしないだろう。彼女は賢いが軽はずみだと彼は考えていた。ああ、そのニューイングランド的な彼女の率直さ！　ブルックリン的な彼の懐疑的志向。なんと不釣り合いな関係だろう。それに、ふたりはここでいったいなにをしているのだろう。カニンガム夫妻の部屋をごちゃごちゃにし、ふたりを信じているフリーダを過剰に刺激しているのだ。ベンの胃が抗議するようにぐるぐると鳴った。

「デザートはなんでしょうか？」ベンが改まった口調で言った。

「デザートは、なにもないの」とアマンダは彼に言った。

その夏はじりじりと過ぎていった。アマンダは毎日ゴドルフィンの週刊誌「ガゼット」の編集部でタイピストの仕事をした。それから帰宅して論文を書いた。論文はまとまってきた。ベンは大学で二コマ教え、帰宅してから自分の論文を書いた。フリーダは相変わらずふたりの出入り口をうろついていた。

「カニューービス」は、「打算的な結婚」というタイトルになった。アマンダはこの論文が、過去と現在における結婚とはなにかを解き明かし、知的な若い女性たちへの手引き書の役割を果たすと思っていた。しかしいまとなってはこれは、マニフェストであり常識を持とうという呼びかけだった。「もし結婚しても恩恵がないのなら、結婚すべきじゃない」ある夜、アマンダが言い放った。「新しい女は、感情的な理由で結婚してはならない」

「料理が焦げてるみたい」フリーダが言った。

アマンダはストーブから鍋を下ろしてベイクト・ビーンズを取り分けた。三人で食べているときにアマンダは続けた。「内縁の妻を持つローマ時代の習慣は、結婚制度を貶《おとし》めてしまったかもしれないけど、そうした関係にある人たちを貶めたわけじゃなかった。ともかく、特権階級は、その名前に似合わず、搾取的だった。女性は子どもを産むことを期待され、子どもとともに夫に庇護されていた。暗黒時代（西ローマ帝国の滅亡から一〇〇〇年ごろまで）の信託結婚みたいなものが、いまは『拡大家族』という形で新たに復活している。でも、拡大家族を復活させて強固にしたがっている頑張り屋さんたちは、信託結婚のなかに血の復讐や花嫁売買、ときには花嫁強奪が含まれていることを知らない」

ほかのふたりは沈黙したままだった。ようやくベンが言った。「頑張り屋さんたちを連れて帰ればいい」

「なんですって？　わたしは話を弾ませようとしただけでしょ」

「ひっきりなしに論文の内容の話をしていた」

アマンダは落ち着きなさそうにカールした髪に手を触れた。「そうだった？」

「この豆料理、最悪ね」フリーダが言った。

今回ばかりは手を組んで、ふたりはフリーダを睨みつけた。

「わたしは話を弾ませようとしただけでしょ」フリーダが抗議した。「ねえ、明日は、わたしが料理する」


間もなくフリーダは夕食も朝食も作るようになり、朝早く部屋にやってきてコーヒーを淹《い》れた。アマンダとベンは遅くまで寝ていた。フリーダは掃除もした。ベンはすっかりきれいになったアパートメントに帰ってくるのが楽しみになった。いつも午後になって埃を払われたタイプライターの前に座ると、晴れやかな気持ちになった。価値のある内容の原稿がテーブルの上のタイプライターのかたわらに積み重ねられていった。彼はホーソンの最初の小説をますます好意的に捉えるようになった。偉大なホーソン自身、『ファンショー』を否定していたが――彼は原稿をすべて火の中に投じたのだ――この私、ベン・スチュワート博士が、この作品を救い出し、たとえ欠点があろうと後の傑作の先駆的作品であると明らかにするのだ。そういった午後に、冷蔵庫の中には器一杯の苺があり、カウンターの上にはパウンドケーキがあるのがわかっていると大きな励みになった。フリーダ自身は邪魔することがなかった。

「すべての娘がきみみたいだといいのにね」ベンがある夜そう言った。

フリーダは頬を赤らめた。アマンダはベンに向かって顔をしかめた。

「すべての妹は、という意味だよ」彼がそう言っても、アマンダから同じ反応が返ってきた。「物言わぬきみたち。きみたちは自分のことをどう思ってるんだい？」

「協力者」とフリーダが言った。

「『七破風《しちはふ》の屋敷』（ホーソンの長篇小説。一八五一年刊）のフィービーのように？」

「そう」フリーダは宿題をやっていた。

金曜日には必ず三人でピザを食べて映画を観た。火曜日にはフリーダが叔母といっしょにもうひとりの叔母に会いに出かけていったので、残されたアマンダとベンは自分たちで楽しんだ。ふたりは少女のいない時間を、少女がいるときと同じように穏やかに過ごした。ふたりに対する少女の献身的な態度について話すこともあった。

「あの子はあなたのことを心から愛している」とアマンダは言った。

「あの子が愛しているのはきみだよ」とベンは礼儀正しく返した。

「ふたりを愛しているってことね。わたしの豊富な知識。あなたの学者ならではのウィット。愛されるのっていいことね。でも、ウェストエンド街の美術愛好家の両親のところに戻ったら、あの子はどうなるの？」

「しょっちゅう訪ねていくことにするよ」ベンが言った。「グリニッチ・ヴィレッジから出て行って彼女をコンサートに連れていく。その後でお茶をおごる、伯父さんのようにね」

「どこで？」アマンダが尋ねた。

「パーム・コート（プラザホテルのなかの有名なカフェ・レストラン）で」心の寛いベンが言った。

「本当にフリーダのためにそうするつもり？」アマンダは嫉妬からではなくそう言った。

深夜だった。ふたりは愛を交わしたばかり。アマンダは長いネグリジェ姿でポーチのブランコ椅子に座り、月の光に照らされた楓の木のある三階建ての町並を眺めていた。ベンがアマンダにキスをし、町並を背中にして立ち上がり、手すりに寄りかかった。「フリーダのためにぼくにできることがあるのかどうか、わからないんだ」ベンはあくびをしながら言った。「いまより先のことはわからない」

しかし、それは本当ではなかった。彼はまさにその瞬間にいまより先のことを見ていた。目の前にいるブランコに乗る若い娘を見つめていると、その娘の別の姿がはっきりと目の前に浮かび上がってきた。キャップを被り、ブレザーを着た女子大生らしい姿。楓の木々は黄色く色づいている。アマンダはさよならと手を振っていた。ふさわしい服装に身を包み、ニューヨークに戻っていく自分の姿も見えた。そして自分と出会う運命の情熱的で眼球の飛び出た精神科のソーシャルワーカーの姿が見えた。ベンは思わずうなった。

「わたしたちはこれからもずっと友だちよ」アマンダは心からそう約束した。


ベンが食事どきの講義をする番になった。

「ホーソンは人生について驚くほど暗い見方をしていたんだ。自分はしきたりに合わせて暮らしてきたと思っていた。彼を支えていた妻と、献身的な子どもたち。しかし彼の人生観は悲観的なままだった。とりわけ『大理石の牧羊神』は悲観的で、人殺しと偶像崇拝が描かれ、罪と苦悩がテーマで、まるで彼が――」

「支えていた妻ですって？」アマンダが不服そうに言った。「ソフィア・ホーソンは腰抜けよ。あえて言わせてもらえば。夫がブルック・ファームで自由恋愛にうつつを抜かすことを許して、自分はセーラムで禁欲的に暮らしながら待っていた」

「ブルック・ファームの記録には性的不品行があったという記述はないよ」

「わたしには行間が読めるの」

「ナサニエルは、自分が結婚によって救われたと思っていた」

「ソフィアは自分が壊れたことを知っていた」

「ふたりはイタリアに行ったんでしょ?」フリーダが言った。「なんてばかな夫婦なの。ブイヤベースをもっとどうぞ」


ベンはさらに議論を続けようかと思ったが、ブイヤベースを食べることにした。アマンダの堂々とした意見は小説の問題点をはっきりさせる役割を果たした。小説では、家のなかの落ち着いた様子が外の騒乱によって脅かされる。家庭から離れていたからこそ、道徳的な秩序が覆されたのだ。これは『ファンショー』では特に真実のように思える。いまやベンにとってこの小説は教訓話になっていた。行きあたりばったりの情熱に打ち勝つのは家庭生活を続けていくことなのだ。午後になってカニンガム家の食堂に座っていると、ベンは自分の意見が正しいと思った。心地の良い部屋でなら、ホーソンの悪魔たちの姿をいつまでも凝視することができた。フリーダのレモネードにも助けられた。

夏がしだいに終わりを迎えつつあった。暑い八月のある夜、ベンとアマンダはワインを飲みながらポーチに座り、三階建ての上に広がる星々を眺めていた。アマンダはブランコ椅子に座り、ベンはカンバス地の椅子に腰を下ろしていた。

しばらくふたりは黙っていた。ようやく、「わたしたち、ここで幸せだったね」とアマンダが言った。

「最近では辛いことがなかったね」ベンも言った。

「とっても幸せだった」彼女はもう一度言った。

彼はそれ以上言うのは止めた。

「でも、予定よりちょっと早めにわたしがここを去ったら、ものすごく気にする？　つまりね、労働の日《レイバー・デイ》の週末にならないうちに帰ろうかなと思ってるんだ。招待が来たから」

ベンは自分の心を覗いてみた。確かに疼《うず》いている。「招待？　自分のことしか考えられない大学の間抜け男からの招待かい？　海外から戻ってきたって？」

「彼の一族はヴィニヤード（高級別荘地）に素敵な家を持ってるの。気を悪くしたりしないでしょ、ベン」

そうだろうか。彼女は輝く目でベンを見た。ああ、ダーリン。「ちょっと傷つくかもね」

ベンは正直に言った。「でも、ぼくもファイア島に招待されていてね」彼は嘘をついた。

「だから、行ってもいいよ、スウィートハート」

「わたしのそばに座って」彼女は優しい声で言った。

ベンはブランコ椅子のところまで行った。彼女の肩に腕を回した。「『わたしたちのしたことはそれ自体に、浄化する働きがあったんだ』（『緋文字』のなかで主人公のヘスターが言う言葉）」彼は囁いた。

「可哀想なヘスター」

「ぼくたちはここで幸せだった」ベンが言った。

「老夫婦みたいにね」アマンダが言った。

「あるいは兄と妹みたいに」

「同じことよ。最良の結婚には、強力な近親相姦的な要素があるの」

「そう？」ベンは彼女の首筋に向かって囁いた。

「そう。最良の結婚は相似性というより相補性があるものなの。そして最良の結婚は過去の感覚と同時に未来の感覚も持ち合わせている。最良の結婚には——」

「最良の結婚には」ベンが突然閃いたように言った。「メイドがいる」

フリーダは泣きたくなかった。それでシバの女王のケーキを焼いた。「あなたたちは結婚するんだと思ってた」フリーダは大きな声で不満をぶつけた。「ここで別れちゃうなんて。わたしの夏を台無しにして」

「しーっ」アマンダが言った。「ベンは仕事に取りかかろうとしてるのよ」

ベンは居間でキイボードの上でカチャカチャと騒々しい音を立てていた。そのうち、声が聞こえてきた。

「……あの一族には狂女がいてね、ベンの家系には確かに遺伝的疾患があって」アマンダが説明していた。「歯肉炎とか、そんなものが。違う、違う、だからって無理というわけじゃない。それに法律違反だし。ベンはわたしの叔母と結婚しているわけだから」

「嘘ばっかり」フリーダは言った。

「ここは素晴らしいところね」アマンダが続けた。「カニンガム夫妻が楽しんでいるといいな。わたしたちは本当に楽しんだから。あなたに会えなくなったら悲しくなる」

「あなたたちはお互いに会えなくなって悲しくないの?」

「もちろん、ものすごく悲しい」アマンダがそう言うと、教師のベンは叫んだ。「すこぶるつきに悲しい!」そして彼はキッチンに駆け込み、たとえようもないほどの喜びを感じながらふたりの娘を抱きしめた。

帽子の手品

Hat Trick

「男子って、いつまでも男子なのよ」マーシーは呻くように言った。「思春期なのに、潜在期や幼児期にしがみついてて」

「新生児期にもでしょ?」サリーアンが言った。

マーシーはサリーアンの言葉を無視した。「ああ、経験豊富な男の人がいいなあ。二十五歳以上。それ以下はいらない」

マーシーは床に横たわって天井の照明を見つめていた。その光のせいでポーチが琥珀色の立方体のように見え、夜の闇に、ポーチだけが浮かんでいるようだった。サリーアンの母親はこの立方体が、この家から、ゴドルフィンという町から、マサチューセッツという州から、そしてこの地球から遠ざかっていってしまえばいい、と思った。このポーチと自分を含む五人の乗組員だけが、どこにもない場所へと、いや、少なくともここではないどこかへ旅していけたらいいのに。

「どこかにピアニストがいないかしら」ジューンがそう言いながら、露わになった太腿の上で指を細かく動かした。ジューンはチェロ奏者だった。「ベートーヴェンのピアノとチェロのためのソナタを演奏したいから」彼女は説明した。「ドヴォルザークの曲も」

古いブランコ椅子をギイギイ鳴らしながらヘレンが言った。「わたしは……大切にされたいなあ」声が躊躇《ためら》いがちだった。人に依存することはもう流行遅れになりつつあった。「わたしの理想の相手はね」サリーアンが口を開き、そこで効果的に少しだけ間を置き、眼鏡を外してからまた戻した。「フランス語が話せる人。馬を飼っていて、余暇に数学のパラドックスを解いたり、詩を作ったりするの。韻律に厳しい人ね」

この子たちは酔ってる、とサリーアンの母親は思った。侵略者《インベーダー》。この州にはそういう女性たちが何百、何千といた。

しかし目の前には四人しかおらず、そのうちのひとりは自分の娘だ。そして彼女たちが飲んでいるのは混じりけの無いアイスティーで、母親自身が作ったものだ。彼女たちは、やはり母親が焼いたクッキーを食べていたが、マーシーだけはちょっとだけ齧り、ショートブレッドは悪魔の発明品で、これでわたしのウェストラインが永久に崩壊しちゃう、と言った。マーシーのウェストラインは四十六センチだった。

ヘレンは肩が狭く腰の張りが大きく、不平をこぼさずにクッキーを一枚一枚ゆっくりと食べた。

ジューンはむしゃむしゃ食べた。

サリーアンはお茶をちびちび飲んだ。

サリーアンの母親はため息をついた。もちろん、この年頃の子たちは酔っ払ってなどいない。少なくとも、お酒は飲んでいない。彼女たちは、結婚式で終わる夏の映画を観てきたばかりで、新たな愛情のとらえ方、たとえば気高い愛、祝福される結婚へと邁進する愛、墓場までも続く愛などに心酔していた。どの女の子にもぴったりな相手がどこかで待っているはずで、その相手を探すことがサリーアンの母親の納得できる仕事だった。

そう、どの女の子にも相手はいる。彼女たちは自分を「女の子」と呼んでいた。これは一九五〇年代のことで、彼女たちは十九歳だった。あと二、三年もすれば、そんな呼び方はしなくなる、マーシー以外は。マーシーは可愛いだろう。気の毒なヘレンは間違いなく淫らな空想の世界に逃避していた。

ジューンは、大きな榛色《はしばみいろ》の瞳と小ぶりでしっかりした顎が特徴で、妖精のような顔立ちをしていた。そのほっそりした百七十二センチの体の大半を占めているのは脚だった。

あるいは、彼女には足りないところがあったのだろう。彼女は二年前の高校の卒業式でチェロの独奏をした。その長い腕と脚でチェロと清らかな愛を交わしているかのようだった。

サリーアンはもじゃもじゃの赤毛で、口は大きく、鼻は小さかった。この子の将来が有望でありますように、と母親は心から願っていた。

そして危機の迫るウェストラインを持つマーシーは？　金色の肌、青緑の目、素晴らしい黒髪、そしてこの表情をまともに受け取っちゃだめよと言っているかのような微笑み。あなただってほかの女性たちと同様に歳をとっていくんでしょう？　他の女性と同じように皺が出来たりくたびれたりするんでしょう？　ええ、もちろんよ、とその笑みは請け合った。一世紀か二世紀後には。マーシーは町いちばんの美女だ。でも男の子のなかにはあまりにも恐れ多くて彼女をデートに誘えない子たちもいた。

それでマーシーは、その輝く宝石のような瞳を大人の男に向けることにした。

そしてヘレンはがっしりした肩になりたいと思っていた。

サリーアンは、なんとも変わったことに、ルネッサンスの男を求めていた。彼女はちょうどこんなことを話していた。「立派な横顔の人なら拒めないよね」

「そんな！」サリーアンの母親が大きな声を出した。ほかの女性たちは息を呑んだ。心臓発作を起こしたのかと思ったのだ。「そんな」母親は女性たちを安心させるために小声で言った。「わたしの可愛いお馬鹿さんたち。あなたたちの理想は、音楽的才能のある人や頭のいい人、名人のような技量のある人、洗練された男ってわけね……。でもねえ、わたしに言わせてもらえれば、どんな猫も夜になれば見分けがつかないのよ」

みんな、考えこんで黙ってしまった。「どういう意味ですか？」ようやくジューンが言った。

サリーアンの母親は右の掌で左の掌を叩いた。「それはね、犯罪者や知的障がい者やサイコパスは別にして、男っていうのはたいてい交換可能だっていう意味」

「そんなのおかしい」ヘレンが狼狽《うろた》えたような声で言った。「そうよ、おかしい」とジューンが愉快そうに応じた。「ママったら」サリーアンは無表情な声で言った。「ああ、神さま！」マーシーは床から叫んだ。そして身を起こすと、「申し訳ありませんけど、わたしはそうは思いません。愉快な男もいれば、頭のいい人もいるし、背の高い人も低い人もいる。指の爪を嚙むのをやめられない人もいる。それに――」

「ねえ、よく聞いて」サリーアンの母親が言った。

この当時、娘たちは年上の女性に敬意を払った。マーシーは両腕で膝をかかえるようにした。ヘレンはかかとをゆっくり動かしてブランコを止めた。椅子に座っているジューンは身を乗り出して膝の上に肘をついた。サリーアンは眼鏡を外した。

「あなたたち四人に――」

「お馬鹿な四人ね」サリーアンが呟いた。

「――対して、ゴドルフィンには二十人ほどの善良な若者がいる。そのなかには、あなたたちのだれかを好きになる人だっている。あなたたちはだれだって、そういう男性とうまくつきあうことができる。そう、できるのよ、マーシー」四人とも頑固に沈黙を守っていた。「それでね、いいこと思いついたの」サリーアンの母親はさらに続けた。「あなたたちが十二人の品の良い男性を選ぶ。その名前を小さな紙に書いて、それを折り畳んで、帽子の中に入れるわけ。そこからそれぞれ一枚だけ選ぶ。そしてそこに書かれた名前を読む……」

「声に出して？」率直なジューンが質問した。

「いいえ。自分で確認するだけ。そうしたらね、そこに書かれた名前の男性の気を引くために努力をする。魅力的に振る舞って、相手の心を奪うのよ。それでその人物を手に入れる」

「その後は？」マーシーが訊いた。

「結婚する」

「それから？」

「とても幸せに暮らす。まあ、そこそこ幸せに。それなりに幸せに」

「それなりに？」

「それなりに幸せに」サリーアンの母親は若き王女たちにもう一度言った。「たいていの人たちはそうやって生きてきたわ。いいこと」切迫した思いを込めてさらに畳みかけた。「お見合い結婚みたいなものよ」四人は茫然とした顔つきになっていた。もしかしたら、もうここであくびをして、目を擦《こす》り、二階の自分の空っぽのベッドへ行ったほうがいいのかもしれない。それでも母親は続けた。「おろおろしないですむ。疑惑に胸をかきむしられることもない」この話はまたのときにしましょう、と言うべきかもしれない。「しかも失恋することがない！」彼女は続けた。「そして結婚というのはね、この世で最高の仲人に任せればいいの」

「それってだれのこと？」ヘレンが落ち着いた声で言った。

「……偶然という仲人よ」

しばらくだれもなにも言わなかったが、ようやくジューンが言った。「帽子は？」

サリーアンの母親のおかしなベレー帽？　丸い縁なし帽？　「わたしの死んだ夫のフェドラ帽（フェルトの中折れ帽）よ」

「名前を書いた紙って、何枚取ればいいの？」マーシーが優雅な手を伸ばして言った。

「一枚。重婚は違法だものね」

サリーアンの三人の友人は賛成した。

「それでパパを」サリーアンが物憂げに言った。「やっぱりこうやって選んだわけ？」

サリーアンの両親はボストンからニューヨークへ向かう快速列車で出会い、それから何年もずっと、出会った日にはニューヘヴン鉄道を祝って乾杯してきた。「そんなところね」と母親は娘に言った。

ヘレンがブランコ椅子の横のテーブルにあるメモ帳を手に取った。スカートのポケットから鉛筆を引っ張り出した。そのふたつを、彼女の家族を喜ばせている恭《うやうや》しい態度で、サリーアンの母親に手渡した。サリーアンの母親は、ヘレンがささいな盗みを働き、小さな嘘をついていることに突然気づいた。過大評価されているという心の重荷を軽減するための嘘を。

サリーアンは眼鏡をかけると、ポーチから出て、居間を通り抜け、玄関広間へ行った。コート専用のクローゼットを開けた。彼女と母親の二着のレインコートが犯罪者のように下がっていた。父親のコート類はほかの父親の衣類といっしょに束ねて処分してしまった。しかし、示しあわせたわけではないが、未亡人になった女と父親に死なれた娘は、フェドラ帽を捨てずにおいた。いちばん高い棚の上に帽子はあった。その帽子を見る度に――眼鏡をかけていてもいなくても――サリーアンはその下にあった父親の顔を思い描けた。大きな眉と大きな鼻、その笑顔を。それからオーバーコートとマフラーに包まれた大きな男の体、コートの下に見えるどっしりしたズボン、そのズボンの下の靴。ああ、大きな靴だった。子どもの時、彼女はその靴の上に立った。父親の足の上に立って、いっしょに踊ったのだ。

サリーアンはポーチに戻った。ジューンは椅子に座ったまま両脚を伸ばしていた。その脚は、サリーアンがポーチから出たときより二、三センチは長くなったように見えた。サリーアンの母親も椅子に座ったままだった。右手でメモ帳と鉛筆を持っている。左手の細い指で自分の頬と耳に触れていた。結婚指輪が光った。彼女の髪は、かつては娘と同じようなシナモン色だったが、いまではナツメグのように黒くなった。もしかしたらママは再婚するかもしれない、と娘は厭な気分になりながら思った。四十五歳の女性なら、結婚しようとしている人たちだっている。もしかしたら、帽子から新しい夫の名前を引き当てるかもしれない。ヘレンはまだブランコ椅子に乗っていた。冷やかな表情をしている。明かりの下にいるマーシーは、選ばれてボタンホールに挿される花になる心づもりでいるように見える。それともこの遊びの虜になっているのかもしれない。

サリーアンが逆さにした帽子を渡すと、母親はそれを床の上の、自分のサンダルのあいだに置いた。サリーアンは戸口まで引き下がり、脇柱にもたれかかった。

「ねえ、ヘレン」サリーアンの母親が言った。「結婚したい相手の名前を言って」

ヘレンはなにも言わなかった。彼女が好きな相手はジム・フィッツウィリアムで、高校を中退し、いまは父親の車体工場で働いている。彼の伯父は刑務所に入っていた。ジムの筋肉は人並み外れていた。

「ビフ・グレイ！」マーシーが大声で言った。

なんという無駄なことを、とサリーアンは思った。ハンサムなビフ・グレイは最近法律学校を卒業した。短大をとっくに出た若い娘たちとデートを重ねている。ポーチにいる四人の娘など、彼にとってはただの「小娘」だ。

「ビフ・グレイね」サリーアンの母親は、鉛筆を動かした。そしてメモ帳からそのページを破り取り、二回折りたたんで帽子のなかに入れた。「ヘレンは？」もう一度母親が言った。

そしてまたもやヘレンはなにも言わなかった。ジム・フィッツウィリアムに加えて、ジョージ・リーボヴィッチも入れてほしかった。時計工場を経営しているアルゼンチン系ユダヤ人だ。この夏ジョージは、白いスーツを着てパナマ帽を被り、彼の瞳に合った濃い青色のシャツを身につけていた。ドシンドシンと音を立てて歩いた。彼は少なくとも五十歳にはなっていて、妻と四人の子どもがいた。

「モーリス・アルマンド」とサリーアンが言った。ジューンがその名前を引いてくれることを願ってのことだ。モーリス・アルマンドは移民の息子で楽器を何種類も演奏できる。

サリーアンの母親は名前を書き、折りたたみ、帽子に入れた。

「スティーヴ・フォークスター」ジューンが言った。内気なスティーヴ・フォークスターは三番目に帽子のなかに入った。これを知ったらスティーヴはどれほど喜ぶだろう。

「ラリー・レイマー」ようやくヘレンが言った。ラリーは彼女のまたいとこだ。彼の名前が帽子に入り、ラリー・スタブルフィールドとラリー・マディの名前も入った。それからさらに、ラリーから始まらない善良な男性たちの名前がいくつか加わった。

「ほかには?」サリーアンの母親が尋ねた。

「もういいんじゃないの」サリーアンが言った。「わたしが混ぜる」彼女は前に進み出ると、折りたたまれた紙で詰まった帽子を拾い上げた。つばのところが暖かかった。彼女は中の予言の力を損なわないように優しく帽子を左右に揺すった。マーシーが飛び上がり、サリーアンから帽子を奪い取るとそれを勢いよく振り動かした。ジューンも揺すった。ヘレンも座ったまま同じように動かした。

「いい?」マーシーは言った。

サリーアンの母親が立ち上がり、フェドラ帽を手に取った。家にお帰りなさい、お嬢さんたち、と言ったほうがいいかもしれない。未亡人とは悪名高い魔女なのだ。「じゃあ、お座りなさい」彼女がそう言っても、ヘレンは一度もブランコから立ち上がらなかった。サリーアンの母親は帽子を、上向きにした掌の上に載せ、それをジューンに差し出した。ジューンの手がアシカの赤ん坊のように帽子のなかに飛び込んだ。表面を撫でるようにして、親指と人差し指と中指で一枚の折りたたまれた紙を取った。

次にヘレン。

マーシー。

サリーアン。

そして四人の娘はポーチの隅まで退《しりぞ》いていった。サリーアンの母親は帽子を持ってそこから出た。彼女は、娘がその前にしたように、ポーチから居間を通ってコート専用のクローゼットまで行った。いまやその扉は閉まっていた。それからキッチンへ行った。帽子をなにもないシンクに置き、マッチに火を付けてそれを、求められなかった花婿のあいだに落とした。すぐに燃え広がった。彼女はシルクの裏地を焦がしそうなほどのたき火にならないうちに、水を帽子のなかに流し入れた。

ポーチに戻ると、いたのはサリーアンだけだった。

「みんな、ママに感謝してたわ」

「なんて可愛い子たちかしらね」母親の声は弱々しかった。いや、おそらく震えていたのだ。ふたりはベッドに向かった。

貪欲なマーシーは幸せへと通じる二枚のチケットを素早い手つきで引いていた。最初のチケットに書かれていたのはラリーのひとりで、背が高くて不器用な少年だった。彼女はフリルのついた鏡台の前に座り、鏡のなかを覗き込んだ。彼女が注意を彼のほうに向けたら、ラリーは目眩《めまい》をおこしてしまうだろう。でも、きっと彼は反応してくれるはず。彼の不器用さには自信が含まれていた。事実、彼そのものをつぶさに調べるかのようにマーシーはその名前をじっくりと眺めた。平べったい胸、口辺ヘルペスで頻繁に傷ついている口元、そして夢、父親のような医師になりたいという野望。彼には素晴らしい未来がある。彼女はしばらくのあいだラリーについて考えた。それからもう一枚の紙を見た。ビフ・グレイ。

ビフ。卒業パーティや浜辺で何度か戯れた相手。彼女を無視したことも何度かあった。彼の心を奪うには陽気な騒ぎを凌ぐものが必要だった。その部分を彼女はまだ手に入れていなかった。それを手に入れるためには自分から動き出さなければならないのだ。

それでビフとテニスコートで偶然出会ったとき、彼女は軽く会釈をし、ジューンとの試合に全神経を集中した。いつもより上手に試合運びができて勝った。マーシーに勝ってばかりいたジューンは、ラケットを自分の自転車の籠に放り込んで走り去った。ベビーシッターのバイトに行かなくちゃ、と言いながら。マーシーはコークを買って、薄い板で作られた椅子に座った。試合の終わったビフが彼女の横に腰を下ろした。マーシーは彼に微笑みかけた。とはいえ、いつものような満面の笑みではなかった。歯を見せずに微笑む、完璧な笑みだった。そして顎を引いた。自分の考えをおとぎ話のようなシーンにすることに神経を集中させた。珍しい青緑色のわたしの瞳が示しているのは、父の家のどこかにあるエメラルドの隠し場所だ。その宝石は、わたしが身に付けるためにそこにあるのかもしれない。勇敢な者だけが美女を手に入れることができる。彼女は集中していたので、なにも言わなかった。こんにちは、すら言わなかった。するとビフが話を始めた。

こうやってふたりは付き合いを始めた。ビフが話し、マーシーは見つめながら耳を傾けた。彼女の気高い精神、健やかな楽観主義、賢いお喋り。すべてがこの新しい魅力的な女性を欠点のないものにするためにとっておいたものだった。かつては思慮の浅い皮肉屋だったのに、いまでは男が夢中になる女になっていた。

その二年後にふたりは結婚した。式の最後に、マーシーは花嫁付添人たちに背を向け、そのバターミルク色の肩から後ろに花束を放った。花束は黄色の花ばかりを束ねた分厚いもので、花束というより金色の帽子のようだった。ヘレンがそれを摑んだ。

ヘレンが引いたのはスティーヴ・フォークスターの名前だった。小学三年生のときから知っていた。勉強熱心な学生で、運動も得意なごく平凡な男だった。しかしサリーアンの母親の台本では、スティーヴは生き生きとした人物、知らないことを明らかにすることを大切にする若者、そう、山々に憧れたり、蜂に情熱を傾ける若者になった。

ヘレンはこの頃、いつにないことをした。スティーヴに電話をかけ、前置きの言葉もなく、いきなり映画に彼を誘ったのだ。

「きみがぼくのことを好きだったなんて、知らなかったな」その夜スティーヴは顔を上気させて不思議そうに言った。

「ずっと好きだったわ」と彼女はちょっとした嘘をついた。

「ぼくはずっときみに夢中だったんだ」その発言も本当のことではなかったかもしれないが、そんなことはどうでもよかった。彼女はいま、彼のことが好きだった。彼もいまや彼女に首ったけになっていた。そして彼が熱心な建具師であり、若い三人の甥のために献身的に働いてきたことがわかった。さらに彼は滅多に人に腹を立てたりせず、ヘレンが感情を爆発させても受け入れることができた。

マーシーの花束を受け取ったヘレンは、ほかの花嫁付添人のところから離れて、その花束をスティーヴのところへ持って行った。彼はヘレンを引き寄せ、その広い胸に抱きとめた。

ヘレンは四十年間スティーヴの献身的な庇護を受けてきたが、いろいろな苦難を経験した。彼が二回失業した、奇形で生まれた赤ん坊は一週間しか生きられなかった、彼女の弟が治りにくい気鬱症に陥った、生き延びた子どもたちはそれぞれ、思春期には手に負えないほどの反抗を長く続けた。ヘレンが短い期間とはいえ、家出をしたこともあった。すでに彼女を必要としなくなった女性、紐で縛られるのが好きで、後ろから抱きしめられるのも好きな女を追いかけて行ったのだ。スティーヴは勇敢にもその別離によく耐え、彼女の帰還を快く迎え入れた。

サリーアンの紙については書き記すことがなにもない。

彼女はポーチの隅に行き、折りたたまれた紙を広げ、さらにそれをもう一度折りたたみ、裏と表を何度か見た。眼鏡をかけたり外したりして見た。その紙を月にすかして見もした。

これは偶然のことか。それとも運命のいたずらなのか。その後何年にもわたって、彼女はそれについてときどき不思議な思いにとらわれた。しかしそのとき、彼女は祝福されているると感じたのだ。結婚が遅れても当然なのだ、密かな猶予なのだ、と。

何十年かの後、その不思議な出来事についてサリーアンは母親に問いただした。

「まさか！」母親は頭と肩をいきなり上げたので、点滴の柱が揺れた。

「横になって」サリーアンはモニターをちらりと見ながら言った。

母親は枕に体を預けた。「あなたはモーリスを引いたのだと思ってた」

「わたしが引いたのは白紙よ」

「あなたはモーリスと結婚したでしょ」母親が娘に確認するように言った。

「ほかの男とも結婚したわよ」サリーアンは母親の記憶を確かめるように言った。「フランコに、ニルズ。あのときはそんな男がいるだなんて、だれも知らなかった。帽子のなかにはふたりの名前はなかったものね」

「フランコ」母親は呻くように言った。彼女の声は死の床にあって弱ってはいたが、サリーアンのふたり目の夫に抱いていた嫌悪感を伝えることは充分にできた。

サリーアンは枕の皺を伸ばした。「わたしの素敵なフランコはひどい男だったけど、情熱の塊だった。どんな猫も夜になれば見分けがつかないわけじゃないのよ。本気でそう思ってたの？」

母親の心臓が止まることを阻止することはできないが、母親には痛みもなく、頭ははっきりしていた。「わたしはね、いまでもそう思っているけど、人というのは違っているところより似ているところのほうが多いと思ってた。理性的なカップルというのは、自分たちで愛を育んで、ふたりだけの幸せを作り上げられるものよ。ヘレンとスティーヴ、それにマーシーとビフについては、わたしの考えが正しかったでしょ」

「マーシーとビフはふたりとも浮気してるそうよ」

「だれがそんなこと言ってるの」母親が言った。彼女の愛情深い手が娘の手を見つけた。

サリーアンは最近、コンタクトレンズをしている。赤毛は相変わらずで、頭の周りで渦を巻いていた。彼女はありとあらゆる成功を収めたといってよかった。驚くほど美しくなり、世事に長《た》け、重要な人類学者になり、さまざまな場所に住み、結婚と離婚を経験し、面白い子どもたちを生んだ。七十歳近くになっているが、もう一度結婚するかもしれない。結婚することが満足を得られる習慣のようになり、結婚するたびに楽しくてしかたがないのだ。しかし、フェドラ帽を被っていた男性がいまも彼女の心のよりどころになっていた。いま彼女はゴドルフィンに戻って来て、二度未亡人となった老いた母の看護をしている。

「じゃあ、白紙を引いたのはあなただったの」母親は小さな声で言った。「これまでずっと、白紙を引いたのはジューンだと思っていたわ」

ジューンがだれの名前を引いたのか、だれも知らなかった。ジューンは帽子から引いた紙をポケットに入れた。ほかの三人の娘が引いた紙を読んでいるとき——サリーアンの場合は、読もうとがんばっていたわけだが——ジューンは物思いに沈んでいるだけだった。家に帰るとジューンはバスルームに行き、顔を背《そむ》けて、紙を細かく引きちぎってそれをトイレに流した。

ジューンもサリーアンより深く安堵していた。結婚を遅らせたかっただけではない。結婚したくなかったのだ。彼女は、自分が引いた名前がセリバシー（独身主義者）だというつもりでいた。いまや彼女は自由で、人に愛される人物、つまりオールドミスとなった。

彼女はメイン州の短大で退屈な思いをしながら音楽史を学んだ。その後生物学を学び、大学院で真菌の形態学を専攻することになった。そして菌とつきあううちに、自分の人生をかけて追い求めるものを見出した。菌は、実際にはふたつ一組になっているが、個々がパレンテソームと呼ばれる特別な細胞器官だ。ジューンは博士号を取得したあと、菌の特性を研究して過ごし、大切にされる実験アシスタントを続け、長年の研究生活のなかで菌が多様な分野で利用できることを発見した。彼女と研究所はさまざまな賞を受賞し、栄誉ある称号を手にした。五十歳になったときに丘の上に建つ田舎家を手に入れた。薔薇とダリアとポピーを育てた。アマチュアの弦楽四重奏団に入り、チェロを担当し、毎週欠かさず集まって練習し、ときおりリサイタルを開いた。昔の友人と連絡を取り合った。

「白紙が入っていること、知ってたの?」サリーアンは母親に尋ねた。

老いた女性は顎を少し持ち上げた。ええ。

「帽子に白紙を入れたのはお母さん?」

かすかに首を左右に振った。いいえ。

「でも、お母さんは白紙を入れたままにした」

これは質問の形をとっていなかった。でも母親にはそれに答えるだけの強さはもうなかった。ともかく多くの答えがあった。だって、わたしは代理人としてそこにいたのであって、管理者ではなかったのだもの。フェドラ帽のように受動的だった。偶然がたまたま協力者になることもある。ヘレンは悪意を解き放つきっかけを求めていた。白紙が一枚入ることで、ゲームがもっと面白くなると思った。結局のところ、たかがゲームだ。娘たちがそのゲームをそんなにも真剣に受け止めるだなんて、だれにわかっていただろう。夫と死別して途方に暮れていた女が四人の娘の心にそれほどの影響を及ぼすだなんて、だれが予想しただろう。四人の前にはそれぞれの人生があり、どんな相手を選択してもよかったはずなのに。

サリーアンは母親がもはや話せないことを悟った。彼女は愛する母親の顔にかがみ込んだ。「お母さんはすごいことをやってのけたのよ」と言った。「わたしたちはみんなそれなりに幸せよ」

幸福の子孫

The Descent of Happiness

わたしは八歳だった。その頃、診察室としてよく使われる寝室やほかの部屋に入らないことを条件に、父の往診先に連れていってもらえた。キルトを広げた調理台の上で幼子たちを診察することもあった。そんなときわたしは、開いた扉の陰に隠れたり、お外で遊ぶと言って窓の下にしゃがみこんだりして耳をそばだてていたので、父と子どもの両親とのあいだでバドミントンのシャトルコックのように行き来する会話を、学校の先生なら教えてくれるような文章の断片だけを、聞きとることができた。でもこの朝、父が出かけていったのは大人のところだった。父の患者で友人のワークマンさんの家だった。ワークマンさんは心臓が悪かったけれど、父が言うには、本人が思うほど悪いわけではなかった。でも、電話がかかってきたら耳を貸す程度には悪かった。

「受話器からこの不規則な音が聞こえるだろ?」とワークマンさんはよく怒鳴った。

「聞こえないよ、サム。サム! 胸から受話器を離してくれ……」父は、ワークマンさんが受話器を離すあいだ黙っていた。「受話器を耳に当てて私の言うことをよく聴くんだ。これから聴診器を持ってそっちに向かうよ」

「ありがたい」ワークマンさんは言った。「そいつで心臓の音を聴いてもらったら、今度は私がそいつでメアリー伯母さんに電話するよ」

ワークマンさんはそれほど苦しくはなかったのかもしれない。

父は、社会的に言えば町医者と呼ばれる内科医だった。小さな町やその周りの村で病人を診察していた。もっと芸術的に、もっとノーマン・ロックウェルっぽく表現すれば、患者よりも早く駄目になりそうなポンコツ車を運転する医者であり、石鹸より葉巻のにおいが染みついた太い指は、古い黒鞄とヴェルクロ（マジックテープのこと）で接着されているように見えた。ただ、これは七十年前の話だから、ヴェルクロが発明されたばかりで、その名を耳にしたことのある者はいなかった。ガタガタ揺れる車のトランクには薬箱が入っていて、薬のなかには往診先の家に入ると必ず冷蔵庫に移さなければならないものがあったが、帰る段になって父がそれを忘れたことは一度もなかった。お父さんはなにひとつ忘れないんだ、とときどきわたしは思った。でも、長い歳月のあいだにわたしが発見したことは、人との会話で自分の知っていることだけを話す人は——自分がなにを知っているのかわかっている人は——いつでも並外れて豊かな知性の持ち主に見えるということだった。父は、いろいろな物事についてよく知っていたが、すべてを知っていたわけではなかった。二十世紀中頃の治療法やアメリカ史やある種の植物に詳しかった。化学も知っていたし、解剖にはとても詳しかった。ところが動物や物語の世界には疎かった。わたしが動物と物語は同じひとつのものだと思っていたのは、当時読んでいた本は馬について書かれたものばかりだったからだ。父は母のことを知っていた。わたしのことを知っていた。ワークマンさんと担当の患者さんのことも知っていた。

父とわたしが廃車寸前の車に乗り込んだのは十月の土曜日のことだった。田舎の道を走り、森のなかに建つワークマンさんの家に向かった。その秋は容赦なく雨を降らせていたけれど、前日に雨はあがっていた。父が車を停めた濡れそぼった空き地には、黄色の葉が樺の木々に貼り付けられているみたいで、楓の茶色がかった落ち葉のせいで空き地から延びる小径は油布《オイルクロス》のようにつやつや輝いていた。ときおり吹いてくる風が枝の水滴《しずく》を落とし、まるで新たな雨がわたしたちを出迎えているかのようだった。

ワークマンさんの小さな家がちらりと見えた。わたしはその家が大好きだった。上部が山形になった小さな窓がワークマンさんの小さな目に似ていたし、玄関の上の幅広の庇《ひさし》が上唇みたいだった。玄関の片側には大工仕事をするための作業台が置いてあり、もう片側には手作りのテーブルが据えられていた。ワークマンさんは木工作家だと言ってもおかしくはないし、実際、家具造りを趣味にしていたけれど、職業は弁護士だった。裁判所近くのワンルームのオフィスで仕事をしていた。独身で、犬と暮らしていた。でも、わたしはその犬が好きではなかった。よく吠える大型の雑種で、ジョン・マーシャルという名がついていた。このジョン・マーシャルの鼻は尖っていて、歯茎は黒かった。狼に似ていた。いや、まず狼に先祖返りして、それからさらに狼の祖先である狼族になった犬に似ていた。わたしは当時、ダーウィンのことは何も知らなかったけれど、父がその類《たぐい》のことを話してくれたことがあった。以前、地球にはなにもなかったのに、いまはこんなにたくさんのものがある、でも、いまわれわれが見ているのは、なにか別のものの子孫なんだよ、鈴《すず》懸《かけ》の木は羊歯《しだ》の子孫で、雀は翼竜《よくりゅう》の子孫で、ワークマンさんはチンパンジーの子孫なんだ、と（父さんは最後の言葉は言わなかったけれど）。進化や自然淘汰ということが起きたのだ。

ジョン・マーシャルは、顔見知りでもそうでなくても、ワークマンさんの家に来る者全員に吠えかかった。訪問者めがけて飛び跳ねるように走っていき、その人の肩に前足を掛け、舐めたいという衝動を上手に隠して、嫌なにおいのする息を吐きかけた。こんな調子なので、ジョン・マーシャルが似ているのは祖先に当たる狼ではなく、進化の数世紀を経ればあるいはなれるかもしれない犬のダンサーだった。

「挨拶をしているんだ」とワークマンさんはそのたびにわたしに説明した。「人なつこすぎるけれど、害はないんだよ」。でも、わたしはその犬が怖かった。その害のなさは単なる策略に過ぎないと思っていた。ちょうどわたしが、大人たちの会話を聞きたくて、お外で遊んでくる、と言っていたのと同じように。それで、ワークマンさんはわたしが怯えるのに同情し、わたしが来るときにはいつもジョン・マーシャルを柱に繋いでおいてくれた。

でもその日、ワークマンさんはジョン・マーシャルを繋いでおくのを忘れてしまった。あるいは、ジョン・マーシャルが紐を外す要領を覚えたのかもしれない。いずれにしても、わたしたちの車が停車したとたんに、犬が吠え始め、わたしたちが小径を歩いていくうちに、吠え声はどんどん大きくなっていった。父は診察鞄をしっかりと手に持ち、薬箱を左の脇腹に挟んで先を歩いていた。父のそばにくっついていればジョン・マーシャルがやって来ても守ってもらえることはわかっていた。でも、ますます大きくなる吠え声にわたしは慌て始めた。こんなことはいままでになかった。あまりの恐ろしさにわたしは体の向きを変え、父に背中を向けて反対の方向に走り出した。ジョン・マーシャルが来る前に車にたどり着きたい。猫に姿を変えて車の丸まった屋根の上に跳び上がればいい。背中を丸めてシャーといえばジョン・マーシャルを驚かせられる。でも、急いで種を変えようとしても、いっこうに四本足にはならなかった。二本足のまま、片方の足を滑らせ、次にもう片方の足も滑らせて、片方のスニーカーがすっぽ抜け、人間のものでしかない二本の膝が地面に着いたと思ったらさらに遠くへ転がり、とうとう濡れた小径に倒れ伏した。倒れた拍子に、原始の魚がのたくるように、三、四センチほど前に滑った。わたしは腹ばいで横たわった。ジョン・マーシャルがわたしの役立たずの足に向かって吠え立てた。

　これでお終いだ。すべてのものに終わりが来ることがわたしにはわかっていた。祖父母は歳老いて亡くなったし、学校の友だちは事故で死んだし、病気に罹った植物を見たこともあるし、『黒馬物語』のブラック・ビューティ（アンナ・シュウエルの小説の主人公）が死んだときには一度ならず泣き明かした。でも、これはわたしの終わりなのだ。ジョン・マーシャルは殺し方を知っている。犬歯でわたしの首筋に噛みつき、頭を体から切り離すのだ。あるいは単に体の上に跳び乗って噛み殺す。それとも、肌が出ているところに噛みついて、自分が蝙蝠から感染《うつ》された致命的な狂犬病を感染すのだ。

わたしは息を止めた。そういった残酷な終わり方がわたしのために用意されているとしたら、もうなす術はない。ジョン・マーシャルは吠えるのをやめた。犬の喘ぐ音がまずはわたしの背中で聞こえ、それから横で聞こえた。耳に激しい息が吹きかかった。もしかしたら、犬なりの子守歌なのか、両親の大好きなワルツ「メリー・ウィドウ」を歌っているのかもしれない。でも、三拍子や四拍子なんて犬にはできそうにない。これは犬なりの際限のない喜びの表現なのかもしれない。

わたしは犬のことや犬の気持ちについて考えるのをやめた。ひどい転び方をしたので、楓の落ち葉が鼻にくっついていた。その葉の縁を、その葉脈を眼でたどり、落葉性の植物は、祖先の植物よりはるかに進化していることを思い出し、そうか、当然ながら前の時代よりもいまの方が新しいのだ、と考えているうちになにがなんだかよくわからなくなって、狂犬病がとうとう脳をだめにして……。

「エマ!」逞しい手で、石鹸と葉巻のにおいの混じり合った指で、両脇を摑まれて抱え上げられた。と同時に体の向きを変えられて、わたしの胸がその人の胸に押しつけられ、わたしの頬とその人の頬が重なり、ふたつの心臓がひとつになって鼓動した。それがワルツだったのだと思う。「どうして走ったりしたんだ。ジョン・マーシャルはおまえを決して傷つけたりしないのに」。そして確かにジョン・マーシャルは、そのにこやかな口にわたしのスニーカーをくわえていたし、その後ろにいるサム・ワークマンは少しばかり息を乱していたけれど、今回もいつものように心臓に異常はなさそうだった。わたしが走ったのは、そうしなければならない……と思ったからだけど、でも、それをうまく説明できなかったのでなにも言わなかった。わたしが走ったのは、捕まえてほしかったからだ。ジョン・マーシャルにではなく、わたしの父であり、いつも危険からわたしを守ってくれるはずの町医者に。

その日のことをわたしは決して忘れないだろう。あれほど幸せだったことはそれまでに一度もなかった。あれほど幸せだったことはそれからも一度もない。

蜜のように甘く

Honeydew

通学制の私立の女子校であるカルディコット・アカデミーは、何十年にもわたって生徒を退学させたことがなかった。禁止事項はあった。キャンパス内で飲酒、薬物摂取、性行為があった場合、すぐさま放り出されることになっていた。妊娠が発覚しても同様だ。かいつまんで言えばそういうことだった。学校の西側にある渓谷に下りていってはいけないという決まりがあった。一世紀前にそこで自殺した者がいたからだが、下りていった罰則は叱責だけだった。

校長のアリス・トゥーミーは、極端に痩せた体に対しても罰則を作りたいと思っていた。四十キログラムしかないエミリー・ナップを見るとアリスは腹が立ったし、自分が無能のように思えた。アリスは二年前に私立高校協会から「もっとも優れた校長」に選ばれて表彰された。ところが、女の子という名のこのほっそりした小枝の束を叩くと、アリスの掌はひりひりと痛んだ。

エミリーは高校二年生で、成績はオールA。さまざまな正課外のクラブに入っていて、いろいろな理由でスポーツを免除されていた。月に一度、エミリーは精神科医のところを訪れ、週に一度栄養士のところへ行く。栄養士は彼女の体重を量る前にポケットのなかにある石ころを外に出し、トイレで用を足してくるように言った。エミリーが入院させられたことは二回しかない。しかし彼女の母親によれば、エミリーは緊急入院したときの体重から二ミリグラムも増えていないということだった。

彼女には機能障害を示す別の兆候もあった。髪が抜けた。顔の骨を覆う肌が皮膜のようになった。声は鋸《のこぎり》のようにひび割れた。でも、彼女の話は、話題が自分の身体のことでなければ、知的で理性的だった。アリスは、医師であり解剖学の教授であるリチャード・ナップ博士とその妻ジゼルとの沈痛な会合に何度も耐えてきた。三人はアリスの時代遅れのオフィスで話した。その雰囲気は絶望的だった。

そうした会合の折りに、「わたしが案じているのは死ぬことです」とアリスはあえて口に出した。

「あの子が死んでも、もしそういうことがあっても、それは不慮の死ということでしょうね」とエミリーの父親は落ち着いた声で言った。

ジゼルが食ってかかった。「まるで赤の他人の病歴を話してるみたいじゃないの。どういうつもり？」。マサチューセッツ州で暮らして二十五年になるが、ジゼルにはフランス語訛りとフランス語の構文が残っていて、もちろん、フランス的なシックと美しさも失っていなかった。

リチャードは言った。「医者の立場のままでいたほうがいいんだ」

夫と妻はいまや顔を見合わせていて、結婚したことのないアリスはそのふたりの表情から敵意を読み取った。そのときリチャードがその手で、シフォンで包まれたジゼルの腕に触れたが、眼はアリスを見つめていた。「エミリーは死にたいと思ってはいない」と彼は言った。

「そうかしら？」とジゼルが嘲るように言った。

「静脈に針を入れたくないんだ。点滴の支柱と連れだって歩きたくないんだよ」

「そうかしら？」

「私たち全員を怒らせたいなんて思っていない」

「じゃあ、彼女はなにが望みなんでしょう」アリスが言った。短い沈黙が訪れた。まるでエミリーの健康状態と、苦労する大人たちの状態に対する重要な問いへの答えが、まさにいま、このマサチューセッツ州のゴドルフィンで開示されようとしているかのように。

「彼女はとてもとても細くなりたいだけですよ」とリチャードが言った。ばかな、とアリスは思った。「なんですって」、あるいはそれと似たような音をジゼルが発した。ジゼル自身はとてもとても痩せていて、フランス女そのものだ。肩は魅力的に骨張り、首はかすかに伸ばされている。ミニスカート――五十歳にしては短すぎやしないか、この場にはふさわしくない――の下の脚は、カルディコットの生徒たちが、あんな脚になれるんだったら死んだっていい、と思うようなものだった。

「彼女は虫になって、なにも食べずにいたいだけだ」リチャードがさらに言った。「そして一滴か二滴の果実の蜜を飲む。虫に生まれたつもりになっているんだよ」

アリスは流行遅れの服の下で身震いした。アリスの身につけているドレスシャツの裾はとても長かった。それはケルト人のどっしりした腰回りと尻とを目立たせずにおくためのもので、その色はいつもスレートや矢車菊、嵐の前の空のように青かった。このテーマソングのように決まりきったスタイルが嘲りを買っているのだろうか、と彼女は思った。アリスは四十三歳で妊娠六週目に入っている。あと数ヶ月もしたら、衝撃を受けた理事会が彼女に辞職を迫るだろう。もしかしたら、自分から辞めるほうがずっと名誉なことかもしれない。「どうすればいいんでしょうね」と彼女は尋ねた。

「あの子をベッドに縛り付けて食べ物を口のなかに詰め込めばいいのよ」ジゼルの言葉には、怒りのあまり抑揚がなかった。アリスは、ベッドに縛られている自分の姿を思い描いた。いまリチャードの指がシフォンの生地を降りていき、ジゼルの指にたどり着いた。五本の火のような爪が彼の手をぐいっと押しやった。ナップ家の下の娘ふたりの体重は標準的で、優等生だが、自分が関心を抱いたものを無条件に追求する聡明さとひたむきな情熱はなかった。

「エミリーは生き続けるために自分なりの方法を見つけなければならない」リチャードがやっと実《じつ》のあるようなことを言ったが、そのときにはもうふたりの女性はなにも聞いていなかった。


カルディコットは寄宿学校ではなかったが、エミリーには個室が与えられていた。個室といっても実際は、禁じられた渓谷を望める窓がひとつだけあるクローゼットだった。「なんでも屋」のダ・ソラ先生は、ふたつの壁面に棚を作っていた。ダ・ソラ先生は聖職を追われた理科の先生で、以前は公立高校で教えていた。創世記を教えるより進化に沿ったインテリジェント・デザイン（ダーウィンの進化論に対して、生命や宇宙の複雑な構造には「知的な意図」が介在したとする主張）を教えるほうがふさわしいと考えて、その罪の代償を払ったのだ。

「ここには理科の先生はふたりもいらないのよ」とアリスは言った。この人は校長の机の角に腰をかけるという大胆さをどこで身につけたのだろう、と彼女は思っていた。なんという黒い眉とトパーズ色の瞳だろうと思ってもいた。

「それでけっこうですよ。理科の先生にはなりたくありませんから」とダ・ソラは言った。面接に応じた私立学校がほかになかったことを校長に伝えなかった。「ぼくが生まれて初めて情熱を傾けた、大工仕事と庭仕事に戻りたいんです」。校長は彼を雇った。

エミリーはダ・ソラ先生の棚に自分の標本コレクションを置いた。渓谷や川岸から集めたものだ。それから何冊かの本と、欽定《きんてい》訳聖書と、南アメリカの地図があった。クラッカーの箱とプルーンの箱と、水の入ったボトルがいくつかあった。

エミリーは粗末な昼食をここで食べたり、授業中にここにいたりしてもいいという許可をもらっていた。というのも、教室にいると気分が悪くなったからだ。食べたものが消化される臭いがしたり、おならが望んでもいないのに、いたずらをするかのようにときどき出たりした。エミリーは昆虫の標本のあいだで三本のにんじんのスティックを食べながら、キチン質の昆虫の表皮を愛《め》でた。キチンは哺乳類の生理機能にはなかった。もっとも、人の死後、まだ腐敗が始まらないうちに皮膚が革のように硬くなり――それがキチン状と呼ばれる――その硬さはある甲虫に似ているということを本で読んだ。その甲虫は腐敗していく仲間の死骸を食べながら脱糞し、死骸を堆肥に変えていく。虫の糞の使い道はたくさんあった。もっとも喜ばしいものはマナだ。エミリーは、イスラエルの民を砂漠へと率いていくモーゼの物語が好きだった。昆虫たちが彼らを救いにやってくる。もちろんマナは、「出エジプト記」によれば、大地の恵みの霜で、蜜のように甘く、神から贈られた奇跡の食料だと考えられていたが、実はカイガラムシの排泄物だった。カイガラムシは植物の樹液を食べる。甘い液体が体内を通り、肛門から排出される。一匹のカイガラムシは一時間ごとに、自分の体重の何倍もの食料を食べては排出する。糞は後ろ脚で弾《はじ》くようにして捨てられるので、それが地面に浮かぶ。遊牧民はいまもそれを美味しく食べている。大事にされているその糞は、甘露と呼ばれている。

ああ、カイガラムシ。エミリーはその姿を描くことができた。自分の身内を描くのが好きだった。しかし、残念なことに、成虫は基本的に球状のカイガラだ。殻のなかに内臓がある。蟻を描くほうが楽しかった。蟻には吻《ふん》があり、咽頭があり、二本の触覚がある。ときどき彼女はその複眼を剥がそうとしたが、眼は、母親の翡翠のビーズでできた豪華なポーチにそっくりだった。彼女は蟻の幾何学的な素晴らしい体を描くことができた。頭部、胸部、腹部と体が分割されていて、腹部のすぐ右側には心臓があった。

リチャードはセーターを頭から脱いでいた。この脱ぎ方をすると、体の部分が少しずつゆっくりと現れてくる。まずは顎、口、鼻、ウールに擦《こす》られて閉じられた瞼、かすかにひそめた眉、広い額、そして最後に白髪交じりの頭髪が、トウモロコシのように、短いあいだ立ち上がる。

アリスと教師ふたりが、学校の敷地内で暮らしていた。この三人の小さな家の前には牧草地が広がり、そこで重要な集会が開かれた。家の裏側からは渓谷が望めた。雨の降る時期になると、渓谷は十センチほどの水を湛えるようになる。一世紀前の自殺者にはその水量で充分だった。最近ではそこはビールの空き缶と、たまにコンドームを捨てるのに格好の場所になっていた。渓谷の向こう側には、ゴドルフィンから隣の町へ続く道路が見えた。ナップ一家はその道路の行き止まりに住んでいた。彼は自宅を出て、道路を渡り、渓谷の側面を滑り降りて、アリスの家までしっかりした足取りで上がってきた。運動神経がよくないとできないこのやり方で、リチャードはこの数年のあいだ、週に二度か三度、夕方頃にアリスのところを訪れた。来るあいだに野草を摘んで小さな花束にした。アリスはそれを古いグラスに入れ、今日は書き物机の上に置いた。彼がセーターを脱ぎきらないうちに、彼女はすっかり脱いでいた。ベッドに横になりながら、自分の欲情に逆らって太腿を閉ざし、彼が残りの服を脱いでから服を丁寧に畳む様子を見つめていた。太腿を閉ざしていてもうまくいかず、彼が上着を椅子にかけているあいだに一回目の恍惚感に身を委ねてしまうこともあった。だが今日はそうではない。今日は、自制心のある教育者のように落ち着いて、やはり自制心のある彼の体が覆い被さってくるのを待った。脚を開いた。それからオールドミスの教師と学者のような内科医は、外の世界の人格を捨てて重なり、彼女が上になり、再び彼が上になり、それぞれが一体化するために、ひとつになるために、一日中生殖行為をすることだけを求める新しい生物になるために、全力を尽くしていた。もしかしたら、ある日の午後、その生物は脱皮して羽根が生え、飛びたち、地上での命が終わりを迎え、手足を絡み合わせたまま滅んで、深夜になる前に塵《ちり》と化すのかもしれない。

エミリーは薬はめったに飲まなかった。彼女が選んだ物質――実際に服用した唯一の物質――は、タクアラ虫だった。ブラジル産の竹の節のなかで発見された蛾の幼虫だ。しかし、竹の花が咲いているときにしか採取できない。ダ・ソラ先生はカルディコットの冬の庭の隅にある温室で竹を栽培していた。彼はその幼虫を収獲し、頭部を取り外し、その頭を乾燥させて磨《す》り潰し、その粉を「殺鼠剤」というラベルを貼った瓶のなかにしまっていた。毎年、ティー・スプーンで六杯分くらいの粉が取れるので、年に三回ほどダ・ソラ先生とエミリーはそれぞれ一杯分を呑み込んだ。

かつてブラジルのミナスジェライス州にいた先住民マラリス族は、その粉末は恍惚となる眠りをもたらすが、意識を失っている時間は阿片がもたらすものより短く、思いがけない幻覚を味わう、と報告している。エミリーはその幻覚を体験できたが、その幻覚をダ・ソラ先生と共有することはできなかった。先生のほうは、エミリーの狭い部屋の床の上に彼女とともに横たわっていたが、まったく違った幻覚を見て楽しんでいた。エミリーが繰り返し見ている夢のなかで、彼女は晩餐会に出席していて、あえてテーブルからテーブルへゆっくり進みながら、最高の料理を試食している。ピンク色に輝くハム、食用の花びらの上に載せられたぱりぱりの香ばしい小鳥、サーモンの濃いオレンジ色からバターフィッシュの淡い黄色までさまざまな色の燻製の魚が並んでいる。それから、サラダの葉っぱのなかには殻から取り出されたばかりの生牡蠣が潜んでいて、エミリーに食べられたがっていた。紫色の豚足にはわずかに酢がかかっていた。ヘッドチーズ（豚または仔牛の頭の肉を天然のゼラチンで固めたゼリー）は、鉢から仔牛の香りを漂わせている。そして、野菜。かぼちゃの花を添えた茄子のシチュー。かぼちゃの上部を切り取って種をくり抜き、生クリームを詰めて焼いたもの。デザートは、桃のような色をしたメロンと、メロンのように大きな桃、ヘーゼルナッツの殻に入った砂糖漬けの無花果《いちじく》。そしてようやく、ブリーチーズのパイ包み、蛾の羽根で作られたパイ包みだ。外に拡がる庭で、ダ・ソラ先生は蛾の幼虫を孵化させ、成長させ、羽化させ、その後で蛾を摘まんで殺し、その生まれたばかりの羽根を毟《むし》り取り、次に蝶にも同じことをし、その羽根を次々に縫い付けていき、丸い形の素晴らしいキルトを何枚も作り、それに砂糖をふりかけ、蒸してから、作業台の上に広げて、かすかに凝固したチーズをなかに入れた。それから、パイ包みの形にして、それを焼いた。先生はこのすべてを夢うつつでおこなった。エミリーはそのパイのなかに飛び込んだ。目が覚めると、歯にべとべとしたものがくっついていることがよくあった。それを人差し指でこそぎ落とした。それからその指先を消えることのない床に擦《こす》りつけ、ダ・ソラ先生が豪華な冒険の夢から目覚めるのを見つめた。その冒険譚の女主人公《ヒロイン》はアリスなのかもしれない、とエミリーは思った。

それ以外のときには、エミリーは狭い部屋で勉強をした。彼女は蟻の心臓の専門家だったが――あらゆる昆虫と同じように、蟻の心臓も原始的な管だった――いまや、その複雑な胃に興味を抱いていた。間もなく中等学校で蟻の胃について発表をおこなうことになっていた。聴きたい人はだれでも参加できた。カルディコットの生徒は、さまざまなものに興味を抱くことを奨励されていた。ウルフィー・フェザーストーンはつい最近、ユートピア社会について論じ、その親友のアデル・アルバは語法の形と構文の力を分析した。

そして、火曜日にエミリーも、演台に上がり、自分が作った図表が立てかけられたイーゼルの横に立った。「腹部は、蟻の分割された尻尾の部分にあります」彼女はしゃがれ声で話しながら、父親のハイキング用の杖を使って図を示した。「ここには心臓と、信じられないかもしれないけれど、生殖器も入っていて、そうね、みなさんなら信じられるかもね。そして、大部分を占めているのは消化器官です。外骨格で守られています。しかも」エミリーは唇を舐め、持っている杖をパイプ・クリーナーのような脚のあいだに下げたので、杖が床に着き、まるで餓死寸前の喜劇役者に見えた。「蟻には胃袋がひとつではなく、ふたつあるんです」

「牛にもある」と太った女の子がゆっくりと言った。

「牛にあるふたつの胃は、その牛だけのためにある」とエミリーが言った。

「その牛のためだけにある」とアデルが言い方を直した。

「とにかく、蟻の大きなほうの胃袋は、嗉嚢《そのう》と呼ばれていて、蟻たちみんなのものです。一匹の蟻が食料を集めてそれを食べると、栄養素は液体に変換されて嗉嚢に蓄えられます。蟻が空腹になると、自分の触覚を空腹ではない蟻の触覚に触れます。すると二匹の蟻は口と口とを合わせて、合わせて、合わせて」エミリーは見苦しいほどの高ぶりを、教室の後ろにいるダ・ソラ先生の微笑みに助けられ、抑えることができた。「その液状になった食べ物が一方からもう一方へと受け渡されます。そんな気前のよい嗉嚢に加えて、蟻にはもうひとつ小さな胃袋があって、それは『自分だけの胃』と呼ばれています」

色あせたデニムのドレスを着ているアリスが言った。「じゃあ、大きなほうの胃袋は共同体のものなの?」

「そうなんです!」エミリーは言った。「もし哲学者たちが本当に頭がよかったなら、蟻の嗉嚢こそ、進化が、なんなら神がといってもいいですが、作り出した器官だと気づいたことでしょう」

「無料食堂ね」太った生徒がまた割って入った。

「そしてお腹にあるものを口から出して仲間に分け与えることは、蟻にとって基本的な行為であり、それによって、蟻の社会を形成する蟻塚内で、社会生活や道徳、政治がおこなわれているのです」。アリスは、エミリーがノートを使っていないことに気づいた。「この本物の共同体に比べたらね、ウルフィー、ブルック・ファーム（十九世紀に営まれたユートピア的共同体。数年しかもたなかったが、アメリカでは有名）は砂の箱ね」

　数人の生徒がゲエという音を立てたか、少なくとも吐きそうな音をわざと出した。

「蟻は仲間たちから搾取されているのよ」太った子が腹立たしげに言った。サイズ6のジーンズは大きかったが、Tシャツは妹のを着ていた。ジーンズとTシャツとのあいだに、まるで光沢のある帯のような肉がはみ出していた。「それでいつ食べるの?」

「蟻が食べるというのは、わたしたちが理解している食べるとはまったく違います」エミリーは厳しい口調で言った。「蟻は食料を集めて、蓄え、吐き出します。蟻が蟻の世界の命の源なんです」

「わたしたちは進化して、それで第二の胃袋を失ったけど」ウルフィーが言った。「その代わりに頭脳を得たわけ。いい取引だよね」

「頭脳のどこがいいわけ？」エミリーが言った。「金と戦争を生み出しただけじゃない」

「くびき語法！」アデルが言った（ひとつの動詞または形容詞を異種のふたつ以上の名詞に関して用いる用法）。

彼女の発表がまあまあの出来だったからかもしれないし、食事会のバカ騒ぎのせいかもしれないが、いずれにしてもエミリーがその週に栄養士のところに姿を見せたときには、受け入れがたい体重になっていた。エミリーは入院させられた。無理矢理食べさせられることはなかったが、彼女の病室のバスルームには扉がなく、彼女が一度に豆を一粒ずつ食べているのを、異様なほど凸凹のある看護助手が見つめていた。

「いい子《シュガー》だから、食べなさい」助手がなだめるように言った。

「ねえあなた《ハニー》、食べなさい」エミリーはばかにするように言った。しかし、食事療法をしぶしぶ受け入れた。研究が彼女を呼んでいた。間もなく退院できるほど体重が増えたものの、しばらくのあいだ週に二回は栄養士と面談しなければならなかった。予定より一日早く退院することになり、母親が土砂降りのなかを車で迎えにきた。母親はプレゼントを持ってきた。フードのついた黒いビニールのレインコートだった。

「ありがとう」エミリーは、そのプレゼントの優しさに驚きはしなかった。母親は人の鑑《かがみ》だった。率直で、自分の娘たちに愛着を持っていたが、察知能力に欠けていた。ジゼルは超個体（蟻や蜂などの昆虫が集団としてあたかもひとつの個体のような働きを持つこと）にまったく関心がなかった。もっとも脊柱が発達してからというもの、個体こそが最高のものだということになって、集団は軽んじられるようになった。ジゼルは彼女の種の下り坂を歩んでいるだけなのだ。

「レインコートのポケットにチョコレート・バーがあるわよ」とジゼルが言った。

「あら」

「ウルフィーとアデルならそのバーを分けて食べるわね。Veux-tu《ヴテュ》 rentrer《ラントレ》（家に帰る）？」

「Pas encore《パザンコール》. Laisse-moi《レスモワ》 à la《アラ》 bibliothèque《ビブリオテーク》, s'il te plaît《シルトゥプレ》.（まだ。図書館でわたしを下ろして）」エミリーは家族のなかでただひとり、母親の母語で母親と会話できるほどフランス語に通じていた。

　ジゼルは車を停め、エミリーは降りた。雨はすでにやんでいた。新しいレインコートが、エミリーのやつれた体を隠した。彼女は雨の後にやってきた霧を遮るためにフードを被ったので、不揃いの髪も隠すことができた。あの子が真面目な現代の娘に見える、とジゼルは思った。医学校に行くか、科学者になるかするだろう。

エミリーは地味なキャンパスを横切って図書館に入った。ジゼルは鼻をかんで、車を出した。


「いまのヒロインはエミリーね」アリスはリチャードの肩に向かって呟いた。

「あの子が？　じゃあ、生徒たち全員、いまや昆虫が好きなのかい？」

「違うの。生徒たちが羨んでいるのは、エミリーの偏執狂的な……」

「多執狂的と言うほうが当たってるよ。たとえば地下鉄の路線図――あの子は、世界中の大都市の地下鉄の路線図が描けるんだ」

「それに生徒たちは、彼女には食欲がないからそれができると思っている。しかも食欲をなくすことは自由意志でできるとも思っている。『食事をとらなければいろいろなことが手に入れられる』ってウルフィー・フェザーストーンが言ったのよ。リチャード、そのうちものを食べないことが流行して、熱狂的流行になって、カルトになるんだわ」

「その前に女の子たちをさっさと太らせてくれよ。料理人に、サラダをちょびっとではなく、クリームソースをたっぷりかけたキャセロール料理を出させればいいんだよ」

アリスは呻き声をあげた。「あなたはカルディコットの有名な栄養学を過小評価している」

「栄養学なんてクソ食らえだ。酷い扱いを受けない限り、身体というのは勝手に自分の面倒を見るものだよ。エミリー以外の生徒たちはみんな、絨毯叩きができるくらい強い」

「絨毯叩き？　メイドたちが年に一度やっているわ」

「ジゼルはもっとやってる」

「ジゼルが？　それはないでしょう。彼女は貴婦人よ」

「うわべはね。中身は農民だよ」彼は、アリスの肩の下に置いていた腕をそっと引き抜いて、両手を組んで頭の下に入れた。カーテンのかかっていない窓から差し込む光が彼を照らした。いや、ふたりを照らしている、とアリスは思ったが、彼女はすべての感覚を失ってしまい、すがりつこうとする筋肉と飢えた口のついた容器に過ぎなかった。彼女の恋人だけが輝いていた。白鑞《しろめ》のような毛が額にへばりつき、脇の下から生え、乳首のまわりで渦を巻き、ペニスの憩いの場となっていた。あまりにも憩いすぎているかもしれない……彼女は身を乗り出して憩いの場に息を吹きかけ、再び動けるようにした。

その後で……この女性は情熱を知るのが遅かったので、自分を抑えることがまだ身についていなかった。

「あなたが愛しているのは、貴婦人のジゼル？　それとも農民のジゼル？」

「愛しているのはきみだよ、アリス」

「わたしを愛してるの？」

「愛してる」彼はジゼルも愛していたが、それを言ってアリスを苦しめることはしなかった。彼は一夫一婦制は不自然だと思うようになっていた。一夫多妻制、せめて重婚制を実践したかったが、そんなことをしたらジゼルは娘たちを連れてパリへ戻ってしまうだろう……。

「ああ、リチャード」アリスは愛らしいため息をついた。それから沈黙が降りた。湯気が立ちこめたような部屋は、森の小川のようにひんやりしてきた。彼女はこれまでにないほど幸せだった。ふたりは黙ったまま並んで横たわっていた。

「それで、彼女と別れるのね」ようやく、アリスは思いきって言った。

「……いいや」

「まさか！」彼女は起き上がった。「あのひどい女といっしょにいるつもり？」

「彼女はひどい女じゃないよ。ぼくたちは少しばかり不釣り合いなだけだ。いわば、水と油でね」

「不釣り合いですって？　災難でしょ！」

彼はアリスの左乳首にキスをし、次に右乳首に、そして臍にキスをした。彼女に多少の分別があったら、言い合いをやめて再び横になっただろう。しかし彼女は大声を上げた。

「あの女と別れないのは子どもたちのためでしょ。自分のためなら、そしてわたしのためなら、別れたいはずよ。あのね、リチャード、子どもはこういうことも乗り越えていくものよ。むしろ子どもたちはそれを望んでいるんじゃないかと思うときがあるわ。バト・ミツバ（ユダヤ人の十二歳から十三歳の少女をユダヤ社会に正式に迎え入れる儀式）に招かれたときに、どの生徒のにも招かれたけど、両親ときょうだいの揃っている女の子たちだった。そのときに気づいたの。あの人たちはすごい癇癪持ちだってことに。リチャード、わたしと暮らすのよ。いっしょに暮らしてわたしの――」彼が彼女の口を自分の口で塞いだ。「わたしたちは同類よ」彼女が息ができるようになってから言うと、彼はもう一度口を塞いだ。「あなたは正直な人よ」と彼女が言っても、今度は口を塞がなかった。「あなたって卑怯だわ」彼女はさめざめと泣いた。彼はすすり泣きが間遠になるまで彼女を抱きしめていた。そしてふたりは横たわり、彼女は眠りに就いた。もうしばらく彼は抱きしめていた。

五時になって、彼はアリスを起こした。ふたりは暗い気持ちで、背中を向け合って服を着た。リチャードが畳んでおいた服を着た。アリスはジーンズをはき、ウェッジウッドのセーターを着た。それからふたりは向かい合った。彼女の頰が彼の顎に触れた。また会おう。リチャードは裏口から外に出ると、雨のせいですべる道を慎重に歩いていった。大気は冷えていた。アリスは体の前で腕を交差し、両肘を手で抱えるようにして、戸口のところに佇んでいた。女たちは何世紀もこの姿勢をして案じてきたのだ。彼女は恋人が、滑りやすい道を渓谷の底に向かって歩いていくのを見つめていた。もしかしたらパオロ・ダ・ソラならわたしと結婚するかもしれない。わたしなら彼の給料を上げることができる。

エミリーはいま、渓谷のアリスの家のそばにいた。樺の木にもたれていた。彼女は図書館から出てきたばかりだった。図書館で蟻の死の旋回について書かれた本を読んでいたのだ。蟻はときどき、明らかな理由もなく、みんなで渦を巻くような態勢をとり、そこで疲れて死ぬまで走り続ける。あれほど進化した生物が、そんな態勢をとるのはどういうつもりなのだろう。ああ、彼女には思い当たることがたくさんあった。しかしその瞬間に彼女がしたいと思ったことは、自分の父親が少年のような行動をとるのを観察することだった。父親が足首を捻挫したら、情事の妨げになる。父に脚が六本ないことが残念でならなかった。

い。しかし二本しかなくても、渓谷の底を流れる小さな川を飛び越え、無事に着地し、向こう側を登り始めた。彼は右側を振り返ることはなかったが、振り返っていたらアリスが戸口に立っている姿が見えただろう。左側を振り返ることはなかったが、振り返っていたら木のそばに立つエミリーの姿が見えただろう。彼は頭蓋を穿《うが》つふたつの眼で、ひたすら前を見ていた。エミリー自身は複眼を持っていた。少なくともこのときは。エミリーが見た映像は、球体の表面にある無数の個眼で組み立てられたものだった。その小さな無数の眼は、正しく動いていれば、すべてがそれぞれわずかに違った方を向いていた。鏡のなかにたくさんのエミリーが見える。そのすべては膨らんでいて、すべてが大きい。

アリスはリチャードが登っていく姿から視線を逸らして横を見ると、そこにエミリーがいた。白い木に身を預けて父親をこっそり見つめていた。黒いヘルメットのような甲殻に覆われていた。樹木に取り付いて栄養を吸い取っているように見えた。彼女は突然変異種《ミュータント》だ。自然の戯れだ。殺虫剤を浴びせられ、足で踏みつぶされ、掃き集められて柩に入れられるべきなのだ……。すると怒りが解けて萎《しぼ》んでいった。そしてアリスは母親のような気持ちになって、やがて生まれてくる自分の子の異母姉のほうへ歩き始めた。泥のなかを歩き続けることができなかったので、彼女は四つん這いになった。エミリーを家に連れてこよう。マリファナを勧めてみよう。食べ物のことには触れないでいよう。道を誤った少女に、もしもあなたが間違った目《もく》に生まれてきてしまったとしても、人生はそれほど悪いものではない、と小声で伝えよう。

無事に渓谷の向こう側に上ると、リチャードは振り返って、下に拡がる自然の巧みな姿を眼を細めて見た。樹木に覆われたふたつの丘は、重なり合おうとするかのように内側へ傾斜していた。薄黄色い葉のあるところ、茶色い葉のあるところ、葉のないところ。谷間には多くの落ち葉が敷き詰められ、霧が全体を包んでいた。この風景をジゼルは気に入っているのだろう。彼女は点描画を愛している。とはいえ、どういうわけか彼女はふたりの家を明るい抽象画で飾り立てていた。それにどういうわけか、将来有望な下の娘のひとりは、テレビの画面の前で夕方の時間を過ごし、もうひとりはスマホの上で親指をしきりに動かす。自分の最大の利益を無駄にするというのは、人の持って生まれた性《さが》なのかもしれない。おや、ほらあそこに、その洞察を実証するかのように、私の大事なエミリーがいるではないか。ああ、神よ、あの子を生かしてください。あの子を生かしてください。あそこにエミリーがいる。寄生性の幼虫の塊のように木にへばりついているエミリー。それに大事なアリスがいる。校長だからそうせざるをえないとでもいうように無理矢理介入してきて、エミリーのほうに這って進んでいくアリスが。両掌と両膝を使わずに、爪先と手の先で這っていて、その手脚はキリギリスの妖精の脚のように長い。お節介焼きと言ってもいい彼女の忙《せわ》しなく動く手脚の上で、素晴らしい青い色の腰が揺れていた。

アリスが望んでいたことがいくつか実現した。アリスとエミリーは控え目な同盟を結んだ。エミリーの体重は少し増えたものの、今後のことはまだ楽観できない。パオロ・ダ・ソルはアリスの結婚の申し込みに、「もちろんだよ！」と応じた。「それに、ぼくは細かな事情を知りたいとは思わないんですよ。初めて会ったときからずっとあなたに夢中だった」

リチャードは結局、夫も子どももいて要求の少ない病理学者をアリスの後釜に据えた。アリスが生んだ赤ん坊は、パオロの黒い眉と金色の瞳をそなえていた。たいていの人間がよく似ていることを思い出せば、驚くに値しない。そしてカルディコット女子学校の古い考え方をする家政婦が、ウルフィーとアデルがエミリーの狭い部屋で裸で抱き合っているところを発見し、それを黙っていられなくなったとき、アリスは理事会を開いて、この友愛の表現は、自分が知っているどの規則にも違反してはいない、と伝えた。アリスはあくびをしている嬰児を薄青色の肩に抱き寄せた。ともかくアリスは、たとえ明文化されていなくても、カルディコットでもっとも重んじなければならない規則は、寛容と自律であることを、理事会の面々と自分自身の胸に刻みつけた。それ以外のことはすべて甘露なのだ。

訳者あとがき

イーディス・パールマンの短篇集『双眼鏡からの眺め』（*Binocular Vision* 2011）が日本に紹介されたのは、二〇一三年のことだった（早川書房）。そこに収められた三十四の作品は、どれも濃密な内容なのに清澄な空気に満ちていた。その序文で、作家のアン・パチェットがパールマンの作品を絶賛している。ひとりの作家がこれほどの情熱を傾けて別の作家の作品を褒め称えた文章を読んだのは初めてだった。

パチェットはパールマンの作品を、「どの文章のどの言葉も絶対にそこになくてはならないものであり、あらゆる表現が繊細で複雑」で、「静謐《せいひつ》でほのかなものがわたしに発見されるのをじっと待って」いると述べ、「パールマンの短篇には繰り返し読めるだけの豊かさと精神の深さがあって、読者が遠くまで行こうと思えばいくらでも遠いところへ連れていってくれる」と書いている。

描かれているのは普通の人の営みや、平凡にすら見える日常の姿なのだが、その奥に潜む不可解さや違和感、あるいはかそけき思いなどを掬《すく》い取り、美しい言葉として定着させるこの作家の技量は恐ろしいほどである。かそけきものが、読後には驚くほど力強いものとして心に残る。

『双眼鏡からの眺め』は、アメリカの権威ある文学賞である全米批評家協会賞、PEN／マラマッド賞を受賞し、全米図書賞とストーリー賞の最終候補にもなった。こうした大きな賞の候補に短篇集が選ばれたのも、そして七十歳を過ぎた作家が本格的に認められたのも、極めて稀れなことだった。

五冊目に当たる短篇集が本書『蜜のように甘く』の原書 *Honeydew* である。二〇一五年に英語圏で出版されるや、待ってましたとばかりに、数え切れないほどの紙誌がこぞって書評に取り上げ、インタビュー取材をおこない、新たなパールマンの作品の魅力を競うようにして紹介した。表現はさまざまだが、本書が「パールマンのもっとも素晴らしい短篇集」だということを訴えているものが多かった。

「ボストン・グローブ」紙はイーディス・パールマンを、「現存するアメリカ最高の短篇作家」と評し、「ロンドン・タイムズ」紙は、アメリカ国内にとどまらず、「世界最高の短篇作家」と讃えた。なんとまあ大袈裟な、と思う方は、是非とも本書を読んで確認していただきたい。

二〇一五年度全米図書賞の候補になった *Honeydew* には短篇が二十篇収められているが、本書はそのなかから十篇を選んで訳した日本オリジナル版である。

ここに収録したどの作品にも、パールマンならではのひそやかな人々の息遣いが満ちている。書かれている事柄を読む楽しさに加え、書かれていないことを想像するスリルも詰まっている。まさに短篇のお手本のような作品ぞろいだ。しかも、パールマンにしか創り出せない明るい一条の光が作品のなかに差し込んでいて、それが作品の世界をまったく別の視点から見せる働きをしている。『双眼鏡からの眺め』の表題作がそうだったが、表から見えていた世界が、裏から見ると別の意味を持って浮かび上がってきて、この世界の地軸がずれていく感覚を味わう。

たとえば本書の巻頭の作品「初心《テンダーフット》」には、戦争で夫を亡くしたペイジと、離婚したばかりのベンが登場する。ペイジは足のケアサロンを営み、ベンは大学で美術史を教えている。ふたりの家は道路を挟んで斜向《はすむ》かいにあり、ベンの楽しみはペイジの生活の一部始終を観察することだ。それで、親しくはないのに「いっしょに暮しているつもり」になっている。それぞれの心の内に巣くっているのは罪の意識だが、ふたりともその事実に向かい合わないようにしている。しかし、ある日ベンは、ペイジに足のケアをしてもらおうと、初めて店を訪れた。足を洗うという、聖書にも出てくる神聖な、それでいて半ばエロティックな行為がおこなわれているあいだに、ベンはいつの間にかひとり語りを始め、意識の底にある忘れられない事故のことを打ち明けてしまう。悲惨な体験を通して結びつく男女の孤独な心は、思いがけない結末を迎える。

おとぎ話のように始まる「お城四号」の舞台は、古い大きな病院だ。その病院を小学校六年生のジョーとアセルは「お城一号」と呼ぶ。そのお城に集まってくる人々が物語を動かしていく。ジョーとアセルのほか、麻酔医のゼフと患者のキャサリン、ギフトショップの経営者ヴィクトリアと警備員のヘクターという三組のカップルが登場する。この六人はどこかでかかわりを持っている。とりわけゼフとキャサリンのあいだで育まれる愛情、その簡潔な描き方はこちらの心が震えるほど美しい。それぞれのカップルの繋がり方や語られる内容の濃さを考えると、長篇小説として描かれてもおかしくないとさえ思う。ところがパールマンは、かつて小川洋子さんが評したように、「簡潔にして深遠」な宝のような短篇に仕上げている。

「ニューヨーク・タイムズ」紙二〇一四年十二月三十一日号で、作家のローラ・ヴァンデンバーグは本作について、人物から人物へと視点の変わる描き方は鳥瞰《ちょうかん》的な広がりを読者にもたらし、「登場人物たちがこの世界をどのように受けとめているかということと同時に、この世界が彼らをどのように受け入れているかということがわかる」作品である、と書いている。

表題作「蜜のように甘く」は、女子校の校長のアリスと摂食障害の生徒エミリーを中心に物語が進んでいく。四十二歳で独身のアリスは思いがけず妊娠してしまい、そのことを知られたら辞職に追い込まれると思っている。エミリーは非常に聡明な少女で、自分の体が厭《いと》わしく、昆虫になりたいと思い、危険なまでに食べることを制限し、理想のコミュニティは蟻の胃袋の構造にある、と信じている。彼女は学校の問題児だが、アリスはそんなエミリーを別の視点から見るようになり、互いの解決策に向かって進む。普遍的な意味を付与された最後の数行は、作家の覚悟の表れのようにも思える。

本書に収められたどの作品にも、物語を切り取るパールマンの腕前がみごとに発揮されていて、読めば読むほど登場人物たちの内面と世界とのかかわりを深く理解するようになる。「幸福の子孫」の女の子の悲哀、「夢の子どもたち」の、一家のベビーシッターとして住み込んだ女性の慈愛、「石」の主人公の死に対する心構え、「帽子の手品」に登場する母親の諦観と希望、その娘のひそやかな怒り——そういったものが読み終わった瞬間にこちらの目の前に立ち現れ、物語を読む喜びがどのようなものか改めて思い出させてくれる。

パールマンの作品には子どもから老人まで、さまざまな世代の人々が登場する。背景となる時代も土地も多彩だ。これほどまでに多様な世界を描ける秘密はどこにあるのだろう。

あなたはどこから作品のネタを手に入れているのですか、というある取材者の質問に、パールマンは自身のサイトで、「それは空想から、観察から、記憶から出てくるんですよ。読書、旅行、映画、人の話、地下鉄で見た顔や、窓から見た部屋などから浮かんできます。自分で思いついたり、人から借りてきたり、盗んだりしたものですね。とりわけ関心があるのは、異なる種のあいだの関係や、作家たちがあまり描こうとしない性別のない人たちのことです。環境や個人の能力の限界、家族の要求、場所などと折り合いをつけていくことにも興味があります」と答えている。

先のヴァンデンバーグは、「もしパールマンが『双眼鏡からの眺め』によって舞台の中央に進み出てスポットライトを浴びたとするなら、*Honeydew* によって、現代におけるもっとも重要な短篇作家のひとりという評価を永遠のものにした」と述べている。

ただ、パチェットやほかの書評家たちが「パールマンはアリス・マンローやジョン・アップダイクと比肩する短篇作家」だと主張していることに異を唱える人たちもいる。詩人のジェームズ・ラズダンと作家のクレア・メスードだ。メスードはパールマンの作品は唯一無二であり、比較するものはないと評している。ラズダンは、パールマンは「寓話的な作家であり、どちらかといえばガルシア・マルケスやアイザック・シンガー、アンジェラ・カーターやフラナリー・オコナーに近い」と指摘している。

イーディス・パールマンは一九三六年六月二十六日にロードアイランド州プロヴィデンスで生まれた。父親はロシア生まれの医師、母親はポーランド系アメリカ人で読書家だった。ラドクリフ女子大学で文学を学び、創作クラスを履修したが、一九五七年に卒業すると、ＩＢＭのコンピュータ・プログラマーになった。十年間勤めた後、一九六七年に精神科医のチェスター・パールマンと結婚。マサチューセッツ州ブルックラインで夫と暮らしている。成人した子どもがふたり、孫息子がひとりいる。現在八十三歳で、数年前に二年間がんの治療をおこなったという。

「ニューヨーク・タイムズ」の記事（二〇一五年一月二日）によれば、初めて短篇を発表したのは一九六九年で、最初の短篇集が刊行されたのはそれから二十七年後の一九九六年だった。これまでに紀行文やエッセイを含め二百五十篇ほどの作品を発表している。

十代のときに父親を亡くしたパールマンは、生と死についてだれよりも深く考えてきた。アン・パチェットは、「イーディスには、死について書くことが物語には不可欠だということがわかっています。（略）イーディスがほかの作家と違っているのは、彼女が喪失から美しいものを生み出そうとする情熱を持ち続けていて、その技術があるという点ですね」と述べている。

本書の作品にも、近景や遠景に死が存在しているが、それは人々を脅かし苦しめるものというよりも、ごく当然な決まりごとのようにそこにあり、登場人物はそれを受け入れていく。

これまでに発表した短篇集は *Vaquita*（1996）、*Love Among The Greats*（2002）、*How To Fall*

(2005)、*Binocular Vision*（2011)、*Honeydew*（2015）の五冊。

本書収録作品の初出は次のとおり。

「初心」*Idaho Review* 2011
「夢の子どもたち」*Post Road* 2002（*No Near Exit* に収録）
「お城四号」*Alaska Quarterly Review* 2009
「石」*Agni* 2012
「従妹のジェイミー」*Salamander* 2011
「妖精パック」*Ascent* 2011
「打算」*Ascent* 1984（*Prize Stories: The O.Henry Awards* 1984に収録）
「帽子の手品」*Cincinnati Review* 2008
「幸福の子孫」*Epiphany* 2013
「蜜のように甘く」*Orion* 2012（*The Best American Short Stories* 2012に収録）

最後になるが、どうしてもこれだけは訳したい、と思っていたパールマンの短篇集の出版を叶えてくださった亜紀書房の内藤寛さんに心からお礼を申し上げる。そして、パールマンの作品の良き理解者で、素晴らしい推薦文を寄せてくださった小川洋子さん、美しい装丁で飾ってくださった坂川栄治さんと鳴田小夜子さん、いつもながら細かなチェックをしてくださった友人の大野陽子さんに感謝の言葉を捧げる。そしてパールマンの短篇を心待ちにしていた読者のみなさんにもお礼を述べたい。どうもありがとうございます。

二〇二〇年五月五日

古屋美登里

イーディス・パールマン Edith Pearlman

1936年にロードアイランド州プロヴィデンスで生まれた。父親はロシア生まれの医師、母親はポーランド系アメリカ人で読書家だった。ラドクリフ女子大学では文学を学び、創作クラスを履修したが、1957年に卒業後、IBMのコンピュータ・プログラマーに。1967年に精神科医のチェスター・パールマンと結婚。マサチューセッツ州ブルックライン在住。成人した子どもがふたり、孫息子がひとりいる。

これまでに発表した短篇集は*Vaquita*（1996）、*Love Among The Greats*（2002）、*How To Fall*（2005）、*Binocular Vision*（2011。邦訳『双眼鏡からの眺め』早川書房、2013）、*Honeydew*（2015）の5作。本書は、*Honeydew*のうち、10篇を訳出した日本オリジナル版。

古屋美登里（ふるやみどり）

翻訳家。神奈川県平塚生まれ。早稲田大学卒。

著書に、『雑な読書』『楽な読書』（シンコーミュージック）。訳書に、イーディス・パールマン『双眼鏡からの眺め』、M・L・ステッドマン『海を照らす光』（以上、早川書房）、エドワード・ケアリー『おちび』、〈アイアマンガー三部作〉『堆塵館』『穢れの町』『肺都』（以上、東京創元社）、デイヴィッド・マイケリス『スヌーピーの父 チャールズ・シュルツ伝』、カール・ホフマン『人喰い ロックフェラー失踪事件』、デイヴィッド・フィンケル『帰還兵はなぜ自殺するのか』『兵士は戦場で何を見たのか』（以上、亜紀書房）、ダニエル・タメット『ぼくには数字が風景に見える』（講談社文庫）など多数。

Honeydew by Edith Pearlman
Copyright © 2015 by Edith Pearlman
This edition published by arrangement with Little, Brown, and Company, New York, New York, USA through Tuttle-Mori Agency, Inc., Tokyo. All rights reserved.

蜜のように甘く

2020年6月17日　初版第1刷発行

著者　イーディス・パールマン
訳者　古屋美登里
発行者　株式会社亜紀書房
〒101-0051 東京都千代田区神田神保町1-32
電話(03)5280-0261
振替00100-9-144037
http://www.akishobo.com

装丁　坂川栄治+鳴田小夜子（坂川事務所）
DTP　コトモモ社
印刷・製本　株式会社トライ
http://www.try-sky.com

Printed in Japan
乱丁本・落丁本はお取り替えいたします。
本書を無断で複写・転載することは、著作権法上の例外を除き禁じられています。

スヌーピーの父

チャールズ・シュルツ伝

デイヴィッド・マイケリス 著
古屋 美登里 訳

「PEANUTS」を何倍も楽しむための必読書！

世界中で愛される漫画を終生描き続け、桁違いの成功を収める一方で、常に劣等感に苛まれていた天才漫画家。その生涯を、膨大な資料と親族・関係者への取材により描き出す。作者の人生と重ね合わせることで漫画の隠された意味を解き明かし、アメリカで大きな話題を巻き起こした決定的評伝！

古屋美登里の翻訳ノンフィクション

人喰い　ロックフェラー失踪事件

カール・ホフマン 著
奥野克巳（人類学者）監修・解説

帰還兵はなぜ自殺するのか

デイヴィッド・フィンケル 著

兵士は戦場で何を見たのか

デイヴィッド・フィンケル 著

シリアからの叫び

ジャニーン・ディ・ジョヴァンニ 著

小説の楽しさ満載のシリーズ「となりの国のものがたり」

フィフティ・ピープル
チョン・セラン 著
斎藤真理子 訳

娘について
キム・ヘジン 著
古川綾子 訳

外は夏
キム・エラン 著
古川綾子 訳

誰にでも親切な教会のお兄さんカン・ミノ
イ・ギホ 著
斎藤真理子 訳

わたしに無害なひと
チェ・ウニョン 著
古川綾子 訳

日本初の韓国文学・個人選集「チョン・セランの本」

DDの傘（近刊）
ファン・ジョンウン 著
斎藤真理子 訳

保健室のアン・ウニョン先生
斎藤真理子 訳

屋上で会いましょう（近刊）
すんみ 訳

地球でハナだけ（近刊）
すんみ 訳